結婚の奴

能町みね子

平凡社

結婚の奴

装幀　田部井美奈

結婚の奴

ジェラートピケの章

夫（仮）の持ち家についに引っ越した日の夜中、私は水状のウンコを漏らした。

いくらなんでもそりゃないだろう、同居初日で。

午前三時。尻の穴からなんか出たぞ！　と思った瞬間にハッと目が覚めてそれがウンコだと気づく、この三つの連続する動作は横綱白鵬《はくほう》の立ち合いのスピードくらい早かった。それからその量がそれなりに絶望的なものであると気づくまでのスピードも、並みの幕内力士の立ち合いのスピードくらいは早かった。

ショックとやりきれなさとしっとりした不愉快さを尻の間にはさんで螺旋《らせん》階段を下りる。築年不明、三階建て、屋上付きの狭小住宅の隅に据えつけられた階段は夫（仮）が購入後に丁寧にぬりかえて、モロッコ調のタイルシートが蹴込《けこ》みの部分に貼られており、非常にかわゆい。いま私が穿《は》いているパジャマのズボンも、三か月前の誕生日に※ジェラートピケで購入して夫（仮）にプレゼントした、しましまでけばけばのもの。今日はとりあえずこれを拝借しており、これまた非常にかわゆい。真夜中、かわゆいズボンでかわゆい段々をくるくる回りながら三階の寝室から一階まで下り、お風呂で脱ぐ。実は大したことないのではという希望的観測にもとづいてパジャマのズボンの裏を見ると、小さな泥だんごを壁に叩きつけたかのような量感の半液体が股間の内側の縫い目の部分にしっかりとましましていて、私は下半身をあらわにした半裸でしゃがみ、お風呂の床に問題の箇所を広げてシャワーをザンザンとぶちあてた。

ひととおり茶色い要素を流し終わったらそれをお風呂場の物干し棒に干して、尻の冷えを感じながら三階までかけのぼり、まだ開けていない引っ越しの段ボールからどうにかほかのズボンをひっぱりだして、穿く。そして、寝る。

午前六時に起きたら、なんと、また漏れている。

今度は目が覚めたときにすでに十分な量が出きっていた。ふわふわした巨大なあきらめの気持ちが下りてきて、Done! という完了形動詞が効果音のように頭の中に響き渡る。括約筋が活躍できないほどの水下痢なんですね。また風呂場で同じことをくりかえし、ズボンをびしゃびしゃにしてから同じように干す。

気持ちも身体もへとへとだが、ともあれ、私の引っ越しにまつわる昨日の作業で疲れきって二階の仮寝床でいびきを立てている夫（仮）を起こさずに早朝に家を出、昨日までの自部屋に午前八時に行かなきゃいけない。まだ向こうの部屋に残るゴミを捨て、退去の立ち会いというやつをやらねばならないのだ。

寒い寝室で着替え、すっきりしたはずの尻にへばりつくような余韻を引きずりながら、地下鉄駅まで歩いて向かう途中でまだ寝ている夫（仮）にＬＩＮＥを送ってみる。精神がまだ再起できていない状態なので、謝罪の気持ちよりも自分の落ち込みが表に出た、まったく演技のないものとなってしまう。

「下痢がすごすぎてお尻が止められず大人なのに寝ウンコしてしまいました。ショック。お風呂に干してあるのは手洗いしたやつです。ジェラピケは乾燥機かけたほうがいいかもです。すみません……。ベッドのパッドももしかしたら少し被害あるかも。今晩洗うかも」

かも、かも、という繰り返しに、まだ自分のウンコ漏らしを受け入れたくない消化の悪さがにじむ。

水のごとき下痢が絶えず流れる理由はあまりにもはっきりしていて、私はついこの五日前までミャンマーに渡航していたのです。

現地では最終日に、衛生度では屋台以下と言おうか、朝市で働くおばさまたちのまかな

※ジェラートピケ 「大人のデザート」をコンセプトにしたルームウェアブランド。白やパステルカラーを基調に、ふわふわ・もこもこした素材のアイテムが多い。略称「ジェラピケ」。

い飯に近いようなカレー味の麺をいただいてしまった。観光地ではない場所につっこんできた明らかによそものである私たちにも排他的な態度なんか見せず、お店のボスのおばさまは現地語で何やら説明してくれながら手づかみで麺を盛り、そこにもやしやらなんやら野菜をたくさん載せ、大量の味の素とカレー粉のようなものをどさっとかけて、するととなりのおばあさまがそれをまた手づかみでわっさわっさとかき混ぜる。ほこりの舞う道端で素手での調理、不安はあったものの、旅の腹痛はかき捨てとばかりにそれをかきこむともちろんとってもおいしい。

だからまあ、これのせいでお腹を壊すこともあるだろう、と覚悟はしていた。しかし、それにしては水下痢の期間があまりに長い。高熱が出ていないから大きな病気ではないと思うけれど、万が一ということもあるし、なにより同居初日の夜にウンコを漏らしたという精神的ショックで、二度とこんなことはごめんだという強い決意をもって部屋の引き渡しが終わってそのまま病院に駆けこんだ。

問診票の「ここ三か月以内に海外に行きましたか」という質問に、文句あるかと言わんばかりに「ミャンマー」と書きつけると、やはり待合室に隔離された場所を指定されてしまった。そんな頃に夫（仮）は起きてＬＩＮＥを見たようで、ふとスマホを見たらシンプルに「きゃー素敵」という返事が来ている。ウンコを漏らした報告と、その件に関して明らかに落ち込んでいる調のメッセージが送られてきたらそんな返信をするしかないよな、と思う。

隔離された待合室でヒマなので、ちょこちょこＬＩＮＥで会話。

「病院なう。念のため隔離されてる！　赤痢《せきり》とかコレラとかネットで一通り調べたけど違いそうなんだけどなー」

「赤痢で隔離病棟かしらん。ネタが増えたわねん」

「いやー」

診察を受けると単にウイルス性の下痢で、食べ物が原因かどうかもはっきりせず、少なくとも重大な病気ではないらしい。ちょっとした薬を処方された。

ふりかえれば、ミャンマーから帰国し、中一日でテレビ局主催のイベントに出演、そこから中一日で引っ越しだったわけで、そうとう身体に無理があったことは間違いない。まずは重病や伝染病ではなかったことに安心です。

「どうせなら海外の指定疾患的なやつのほうがおもろいと思うわん」と定番の不謹慎な冗談を送ってきた夫（仮）に「残念ながら法定伝染病とかじゃなかった。ウイルス性胃腸炎？　みたいなふつうに治るやつ」と返すと、「残念」と言いつつ「うんこパッドは一応洗濯しといたわんよ〜」と。

洗ってくれる人がいる。想像だにしていなかった事態。

自分のやらかした失敗は、サボり癖甚だしい私でも、なんだかんだで自分で処理しなければいけなかったというこれまでの人生。それが嫌で嫌で、さんざん放置したすえにやっと腰を上げて一人で文句を言いながら処理していた人生。ゴミ箱に投げたティッシュが入らなかったらチッと心で舌打ちをして放置、下手すりゃゴミを全部ゴミ袋に入れ替える際までほったらかしにしておきかねなかった人生だった。まさか私が排出した私のいちばん汚いものを誰かが洗ってくれる可能性があるなんて、赤んぼう以外でそんなことをしてもらえる可能性があるなんて。思いもしなかった。

病院のあと、夫（仮）と同居する家に引っ越すと同時に借りた神楽坂《かぐらざか》の仕事場に立ち寄り、そのあと深夜に帰宅。部屋に入って早々、「五回ウンコ漏らしたら離婚よ」と言われた。

ウンコ漏らしが冗談ですむ関係。このくらいのちょうどいい距離感にまた一つほっとする。おそらく女友達だったらもう少し気をつかって、ウンコの話に触れないか、触れたとしてもそおっとそおっと、ソフトタッチになるでしょう。

そうして安心した翌朝、同居二日目に、私はなんと通算三回目の寝ウンコをする。

また、起きたら出ていた。水状なのは変わらない。

言うまでもなく、病院に行った昨日の昼間もあいかわらずトイレの回数は多くて、水下痢はまだまだ治りそうになかった。とはいえ、いくらなんでも二日連続で寝ながら肛門が開くとは。

泣きそうな気持ち、自分に対しはらわたが煮えくりかえりそうな気持ち、死にたいような気持ちをたくさん抱えながら、また早朝に寒いお風呂場で洗濯だ。

私よりだいぶ遅く起きた夫（仮）にもためらいなく報告した。いや、本音を言えばたっぷり羞恥心《しゅうちしん》はあるし、それなりにためらいもあるのだけれど、いかにもためらいがないように報告するのが円滑な人間関係につながると私は思っているのだ。

さすがに寝ウンコ二夜連続！ともなると、夫（仮）もちょっと驚いているようだったけれど、離婚がどうのと茶化すこともなく、呆れたり眉をひそめたりすることもなく、表情の深奥に少しだけ気づかいが見える。気まずい、申し訳ない、死にたい。同居初日と二日目にウンコが液状になって夜に爆出する必要はないでしょう。私の体だってもう少し空気を読めるからここまで生きてこれたんじゃないの。

幸いにも気がおけない友達は何人かいるので、この恥ずかしさを拡散して薄めるようなつもりで、私は自らウンコ漏らし情報について別のＬＩＮＥグループにも漏洩させてみた。

すると、そのなかでも特に仲のいい西村から「ナプキンがいいよ」というアドバイスが送られてくる。なるほどおむつはさすがに心理的抵抗があるけれど、生理用ナプキンであれば万に一つの場合（いや、同居後で言えばすでに二（日）に三（回）で、確率百パーセント以上なのだが）にも安心ですね。

こうして、同居三日目の昼間には「夜用・とっても多い日用」みたいなナプキンを購入したものの、この日もやはり体調はまるで戻らず、少しお腹に食べものを入れると胃腸が苦しんで覿面《てきめん》に全身がだるさで支配され、しばらく何もできないほど。そこからしばらくして明らかに腹が下ってきて、水状の下痢が排泄される、というサイクルができあがってしまっている。

夜まで仕事場で多少の作業をしていたものの、帰る頃には、一週間ほどつづく水下痢、そして二日連続の寝ウンコの余韻が私をたたきのめし、すっかり気持ちのギアが低いほうに入ってしまった。

ギアは厄介。多少のことではギアチェンジがなかなかできないし、何を見ても気持ちは暗いほうへ。

たかだか二日程度の同居で、やはりこんな勢いでの同居は間違いだったんじゃないか、この体調の悪さも無意識的な同居のストレスではないのか、と次々頭に浮かぶ。だいたい、引っ越し直後にさほど整理の行き届かない夫（仮）の家に私の大量の段ボールを運び込んだため、居間すら段ボールだらけでテレビが半分隠れているのが非常にまぬけで、片づくまでの道のりすら見えない、そんな荒れた家に帰るのもつらい、昨日は二階の居間のソファーベッドが段ボールとマットレスに挟まれた状態で斜めに浮いていて、同じ部屋の隅には正体不明のビニール袋などが堆積しておりゴミ屋敷同然の状態だ、こんな人生はきっと失敗だ。

仕事場から地下鉄で新しい自宅の最寄駅に降り、殺風景な幹線道路の歩道をとぼとぼ歩きながらも、あと数分で着いてしまう家に帰りたいと思えない、だいたい夫（仮）も家の改装の作業が遅すぎる、でも引っ越し前に私の寝室にあたる部屋をなによりきれいに片づけてくれたしあれはとても助かった、いやしかし改装が遅いのはまた別の問題だ、などとネチネチモヤモヤ考えやっと家に着き、そのときまた夫（仮）が斜めに浮き上がったソファーベッドに寝そべりスマホでも見てたら私の暗い気持ちが加速したかもしれませんが、なんとこの日は夫（仮）がお昼にちょっと片づけをしたようで、テレビは全画面で見れるようになっていて、ソファーベッドが斜めになっている件も解決していた。

なにより私が階段をのぼって居間のドアを開けた瞬間、夫（仮）が台所で立ち食い状態でまぬけにそばを食べていたので、なんだかホッとしたというか、この家でいいな、たぶんいっしょにやっていけるなと急にギアが変わって、穏やかに前向きな気持ちとなった。ギアチェンジはまるでコントロール不能なところで起こる。

その晩、段ボールに遮られなくなったテレビで何気なくマツコ・デラックスの『夜の巷《ちまた》を徘徊する』※を見ていたら、マツコさんは「人から聞いたけど、結婚ってのは待ってちゃダメで、なんとしても結婚したいっていう意志がある人から結婚するんだって」と、まあわりとどこかで聞いた話ではあるんだけど、そういうことをおっしゃっていた。私も、これが「結婚」かどうかは微妙だけど、確かに強固な意志があったもんな、と思う。

※『夜の巷を徘徊する』 マツコ・デラックスが夜の街を気のむくまま徘徊し、街の人々とふれあうバラエティー番組。テレビ朝日制作、二〇一五年より放送。

エクストレイルの章

恐怖の連続寝ウンコ生活は二夜連続で記録がストップした。ああ、本当によかった。「とっても多い日用」のナプキンをして寝たことで、心理的にも緊張が解けたのかもしれない。こんなことで結婚生活の冒頭のページに泥（いや、それ以下の泥状の排泄物だ）を塗るわけにはいかない。

夫（仮）は、いずれは居間としてソファーを置くつもりの二階のスペースに、以前から使っているソファーベッドをこじいれて寝ている。私は以前に夫（仮）が寝室としていた三階の部屋に、前から使っているベッドを運び込んで寝ている。

私はこの日、午前中に予約していた美容室に行くためにふだんよりいくぶん早起きをした。股間がつつがなく平穏であったことにホッと一息ついたあと、階下からうっすら響くいびきに気づく。夫（仮）はとてもよく寝る。特に朝食をともにする必要もないし、この日も夫（仮）を起こすことなくさっさと家を出た。

駅へ向かう道で、知らないパン屋さんに寄って朝ご飯を買ったり、こんなところに喫茶店があるのね、と気づいてみたり。これは私がすでに何度も経験したことのある、ごくふつうの「引っ越してわくわくしている人」だ。こうした街歩きには、同居生活が始まったことによる劇的な変化というものは特に感じない。

以前暮らしていた神楽坂界隈に比べ、行きつけの美容室がだいぶ遠くなってしまった。このお店にはすでに十年以上お世話になっていて、仕事のことから家族のことまでけっこう何でも話してしまうのだけれど、ドーンと華々しく切り出すようになってしまうのを避けたくて、特にこのたびの新生活については語らなかった。夕方には小学館に行って新刊本についてのインタビューを受け、そのあとは別の出版社の編集さんと夜に軽く飲み食いしながらの打ち合わせとなる。私だけ少量のお酒を飲む。

家が変わったというだけで、そのほかはなんてふつうの日だろう。仕事で忙しくしていたおかげなのか、昨日のように心のギアが変な箇所に入ることもなく、なんら問題なく平凡な夜となる。

夜に会った編集さんは、やや言動が荒っぽく、気が早いところもある男性で、私はその面も含めてけっこう好感を持っている。もうすでに何度か会っているのだから今夜はなんかあってもいいのにと、心の中でお手本をなぞるように思うだけ思ってみた。

私は常に、なんかあってもいいのに、と思っている。

結婚、というか、結婚風のプロジェクトについては、恋愛さえ差し挟まず計画的に強固な意志で推し進めればどうにかなる、ということがここ数日で一旦判明した。

となれば、性交渉だって、どうしてもしたいのならそのように強硬に進めればきっとかなうんでしょう。一夜限りのなんとやら、旅先でのアバンチュール、ごく近い女友達の話ですらそんな例を聞いたことがあるぞ、私は。

ある友人は、沖縄に旅したときにその日に知り合った人と一晩楽しんで、それきりで後腐れなく終わったんだとか。またある友人はお互い結婚している身ながら、海外に行く飛行機の中でたまたま話した隣の日本人と馬が合って、その後も連絡を取り合い、何度かお互いの自宅から遠い場所で逢瀬《おうせ》を重ねたんだとか。

しかし私はこの「聞いたことがあるぞ」と言っちゃうような状態から二十年近く脱せず、結局いまも人の恋愛や性的な噂をニヤニヤした顔で語るだけの未成熟度をキープしている。うひゃ〜、オトナってすごいねえ、と言っている大学生未満の精神のまま、自分がそのオトナの年齢をとっくに超えた。

誰かと会うとき、なんかあってもいいのに、といまだに思うものの、思うことだけが形骸化していてその先の計画どころか具体的な夢想すら何もない。「なんか」は私にとってそんなに楽しいものなんだろうか。さらにいえば、お相手にいたっては私と「なんかある」ことによるメリットなどどこにあるものか。こういう考えの前に、私のエネルギーは漸減《ぜんげん》して消滅し、言葉だけが殻みたいに残っている。

この日も私はその編集さんにタバコ臭いエクストレイル※で送ってもらい、東京の北へ帰っただけだった。なんか、は、ない。なんもあるわけがない。


だいたいこんな仮想のような結婚（的な生活）がどこから始まったかって、私が純粋に「結婚したい」と思ったところからなのだ。

同居でもなく交際や恋愛でもなく、目指すのが「結婚」であることには、人をさほど説得できない程度の理由があった。そう、説得できない。ふわっとしたものでしかない。


私の中にむくむくと「結婚ブーム」すなわち「結婚について考えるブーム」が湧き起こったのは、三十七歳の初夏のこと。

一人暮らしも二十年近く経過し、その頃は、一人暮らしに飽きた！　もう嫌だ！　という思いが常にずっとくすぶっていた。

一人暮らしが長引くと、自分のために何かしてあげようという気持ちがどんどん薄れてくる。もはや思い出せないほどの昔、一人暮らしをはじめた頃の、こんなインテリアにして、こんな生活を送って……という輝かしい夢想は完全に消え去って、私はここ数年、ガスコンロを点火することすらほぼしなくなっていた。こまごまと材料を買ってはそれを包丁で切って、野菜屑で周りを汚し、ずいぶんと時間をかけた結果完成したさほどおいしくもない料理を一人で無言でモソモソ食い、そのあとに大量に生ゴミが産出されるという作業、何のためにやっているのかと思うと外食のほうがいいに決まってる。自分のためにお湯を沸かすことすら嫌だった。

当然、掃除も我慢できる限界までしなかった。明らかに床にほこりが溜まってきたときに素手でかきあつめて丸めてゴミ箱に入れるのをごくたまにする程度で、掃除機も不要になっていった。部屋はゴミ屋敷とはどうにか呼ばれないくらいの状態を保つのが精一杯。洗濯も一週間に一回以下、全自動の乾燥機付き洗濯機だから作業はかなり楽だというのに、もう着る下着がなくなったときにまとめて大量にやっていた。

自分のために料理を作ってあげるとか、自分のために掃除をしてあげるとか、私は自分で自分をそこまで価値がある人間だとは思えなかったのだ。

この状態を自分で許せるならまだいいけれど、私は許せないままこれをつづけていた。

※エクストレイル　五ドアのスポーツ用多目的型乗用車。コンセプトは「四人が快適で楽しい、二百万円の『使える四駆』」。日産自動車が二〇〇〇年より製造・販売。

自分の世話はしたくなくとも、実際問題、自分が世話をされない状態だと生活はどんどん荒れていく。なんでこんなにサボるんだ、なんでこんな散らかった不愉快な部屋にいるんだ、とぷりぷりしながら何もしない、その生活に徹底的に嫌気がさしていた。

また、自宅で仕事などをして深夜になったとき、はかどりが悪いとどんどん気持ちが落ち込み、変な位置にギアが入りっぱなしになり、考えることが暗いことばかりになるのは日常茶飯事。自分の存在価値、明るい将来、仕事のやりがい、すべてが無いように感じられて、そこから抜け出せなくなる。

これといって大きなきっかけもなく、例によって仕事がはかどらなかったある日の深夜。一人暮らしで最大限に怠惰になった生活をもう少ししっかりさせれば仕事も多少マシな進み方をするだろうになあ、誰か近くでずっと見張っててくれればいいのに、と考えはじめたところからコトは始まった。

私は年に数回、やっぱり部屋をきれいにしなきゃダメだ！　と突然思い立ち、「手伝わなくていいから部屋にいてほしい」と言って友達を呼んで、ただ座って漫画を読んでいてもらうかたわらで部屋を掃除することがあった。落ち込むほうにギアが入りっぱなしになるという現象も、誰かが近くにいるだけで、ちょっと会話でもすればほぼ解消できるような気がする。

そうか、私は仕事や生活を立て直すために、まず誰かと同居するべきなんじゃないだろうか？

とはいえ、誰かと共同生活してみるにしても、だいたいもうこの年齢になると女友達はおおかた結婚して子供までできていて、同居できる人が選択肢に浮かばない。考えてみればあの子もあの子ももう結婚して子供ができて、家も遠くなってなんとなく疎遠になってしまった。ああ、みんな独身のときは恋愛や結婚に対するややこしい理想像なんぞ並べていたくせにいざ結婚してみればそんなものは全部吹っ飛んでほっこりパステルカラーの平凡だけどささやかな幸せみたいなやつを判で押したように満喫しているじゃないか、独身のときのあの感じは何だったんだよいまいましい。いや私だって別にいまの生活に大きな不満があるわけじゃないのに、いずれするべき結婚をまだあなたはしていないという前提で話を進められることがある、これが非常に面倒くさい。常に何らかの恋愛が起こりうるという前提で恋愛の話をふられることももううんざりだ。そういう話になるたびお前には何か決定的なものが欠けているというふうに思わされる。なんで未婚であることでこんなに引け目を感じなきゃいけないんだ、結婚なんて紙切れ一枚じゃないかよ……。

ここまで考えて、ふと「結婚したことにしてみたらどうだろう」というアイデアを思いついた。

こんなにもやもや考えているのも無駄だから、いっそ既婚だと自称したらどうか。そうすれば周りの厄介な目や、ややこしい自意識から離れられる。「結婚したのにそれを隠している人」というのは有名人などでたまに見るけど、「実際には相手もいないのに結婚したふりをする人」というのはそういえば見たことがない。

結婚……！

「結婚」という言葉の重みはなかなかのものです。やはり「ルームシェア」「同居」「同棲」には出せない強みがある。

偽装結婚ならぬ偽装既婚の手段は簡単です。左薬指に指輪をはめるだけ。

この考えは大いに私を楽しませ、少しのあいだ、私は「どういった指輪がいいか」「どんな人と結婚したことにするか」をわくわく考えていた。この考えは友人にも波及し、やはり結婚する気のない作曲家のヒャダインさんは大いに賛同してくれて、彼は実際に指輪を買うところまで至ってしまった。

しかし、具体的に考えているうちに、このプロジェクトは単に「結婚したことにして、指輪買っちゃったんだ」と周囲に吹聴するだけのおふざけに終わるように思えてきた。詰めが甘けりゃ根気もない私には、既婚だと本気で言い張って周囲をだましつづけることなどできるわけがない。

だいたい、元はと言えば誰かと同居して仕事の効率を上げるという計画を考えていたはずだった。これでは根本的な問題が何も解決しない。計画への熱は少しずつ冷めていった。

これに似たコンセプトの行為は、同時期にアメリカやカナダなどでも「自分婚」として流行しはじめていたらしい。「自分婚」は「結婚しているふりをする」というわけではないけれど、パートナーとの結婚を人生のゴールと考えるような既存の結婚観や女性観に抵抗し、一旦「自分自身と結婚する」ということで区切りをつけ、今後の人生について決意を定めるという意味で行われているとのこと。指輪をはめるだけでなく、友人を呼んで、自分を主役として式を挙げる人もいるらしい。

私は後からこれを知ったものの、当然この考えもピンと来なかった。私がこれをするとして、「実際には何も変わらないのに、結婚式という茶番をしている」あるいは「斬新で進歩的なことを、儀式めかしてやっている」という恥ずかしさがぬぐえない。私の試みは社会制度に対するプロテストを主眼としているわけではないし、観念的な行動をオブラートに包まず観念的なまま実践するのは不得意である。ものすごいむなしさに襲われそうで、即却下。

では……、と、気が向かないながらも、実際にどこかの男性と「結婚」するためにはどうするか、と具体的に考えてみた。

しかし、一般的に想像されるような平凡な結婚の形に私が至るのはあまりに面倒で、現実味がない。

まず、交際や恋愛は無理だ、という強い確信が心の底に居座っていた。

これまで私は何度かにわたってしつこく恋愛のようなものを試してはみたけれど、ことごとくうまくいかなかった。というのも、好きな人に好かれないとか、束縛しちゃうとかされちゃうとかそういうことではなく、どうも私は「恋愛」そのものがずっとピンと来ないまま生きてきてしまったのである。

自分の中にいてもたってもいられないような恋愛らしき気持ちが沸き立ったことがまずない。それならばと男の人から好かれたときにとりあえずつきあってみることにしても、何度試したところで結局ずっとしっくりこずに関係性が苦痛になってきてしまう。また重い腰を上げて、あの一連の恋愛風のやりとりを経てから結婚するなんて、面倒にもほどがある。結婚の準備のためにそんな不毛な日々を過ごしたいという気持ちはどうしても湧いてこない。

恋愛はすばらしいものだなんて、恋愛がうまくいった人による美化にすぎない。この世の中、恋愛によってどれだけの人が消えない傷を負い、どれだけむごたらしい事件が起きたと思っているのか。あんなものは向いている人だけが楽しめばいいことである。

こうして、何も起こらないまま一連の「結婚について考えるブーム」が失速しそうになったとき、頭の底にほんのり灯ったのは作家の中村うさぎさんの例だった。

うろ覚えだけど、中村うさぎさんはゲイと結婚している、と聞いたことがあった。本人も夫も、結婚とは関係なく恋愛を奔放に楽しみつつ、共同生活を送っているらしい、と。

それはいい。まず絶対に夫婦が恋愛関係にならないのがいい。恋愛関係が起こりえなければ、お互いの相手への気持ちの重さがバランスを欠いたり、気持ちが行き過ぎて裏返り、大嫌いになったりすることも起こりづらい気がする。

一般的に結婚というと、恋愛なりお見合いなりをして、両家が顔を合わせて、大げさな式をして、指輪を贈って贈られて、お互いが永遠の愛を誓って……と果てしなくつづくかのような重苦しい段取りがあるけれども、そういう結婚の内臓のようなものは全部取っ払った、事務的な、お互いの生活の効率性のためのような結婚、これはいい。その結果がいまいちだったらすぐ離婚していい。人を食ったような結婚がしたい。

そうだそうだ、自分の生活と精神を立て直すために、ゲイの誰かと恋愛なしで結婚すればいい。世間が想像するような「結婚」ではないかもしれないけれど、いままで祖父母や親兄弟としか同居したことがない私が、突然他人と「結婚」して「家族」になる、というだけで大変な飛躍である。未知の星に降り立つようなときめきを感じる。

私はこの思いつきにかなり興奮した。革命的な案に思えた。

とはいえ、もちろん、ゲイなら誰でもいいというわけにはいかない。同じ場所で暮らすにあたって性格の合う合わないは当然あるし、なにより先方が協力態勢でないことには何も始まらない。

さて、具体的に進めるとしたらどうするか……この計画も、相手をどう探すかという点ですぐにつまずいてもおかしくはなかった。しかし、数日の間に具体的な名前が降りてきたのである。

クッキーシーンの章

「結婚ブーム」よりさらに六年ほど前、私はある本を共著で出していた。

もともと私自身が男性から女性への性転換者であり、文筆デビュー当初は性に関する著作も多かったため、そうなると縁が縁を呼んでいろんな人と交流が生まれる。そのうち、いわゆるLGBTにあたる人間で気の合うメンバーが集まって飲むようになり、私たちは飲み会のノリのまま『四巨頭会談――男好きの男と女好きの女と女だった男と男だった女』という本を共著で出版したのだ。男好きの男はすなわちゲイ、漫画家のかずあき。女好きの女、レズビアンの漫画家である竹内佐千子《さちこ》。女だった男、漫画家の西野とおる。そして男だった女である私。

せっかく仲もいいのだからと、ライブスペース「※阿佐ヶ谷ロフトA」で四人が出演する出版記念トークイベントを開催。話は十分に盛り上がった。

そのまま近くの飲み屋になだれこんで開かれたイベント後の打ち上げには、イベントを見に来てくれた流れで、竹内佐千子の知り合いであるゲイの漫画家・熊田プウ助さん、そして熊田さんの漫画の原作者としてタッグを組んでいるゲイライターのサムソン高橋さんも顔を見せてくれた。広い居酒屋で私と彼らは少し遠い席にいたため、おそらくそのときは軽く挨拶をかわした程度にすぎず、会話の記憶もない。しかし、その頃から私は熊田プウ助さんとサムソン高橋さんのツイッターを時々読むようになり、とりわけサムソンさんに親近感を覚えていった。

彼の文章は外連味《けれんみ》たっぷりであった。性的少数者のお祭である東京※レインボープライドを控えた時期、特に当事者間ではイベントに向けて圧倒的に清廉でポジティブな文章が飛び交うのだけれど、カップルで仲よく清く正しく参加するような人たちに対して彼は火炎瓶を投げつけるかのような毒を吐き、それでいてちゃっかりしっかりイベントには関わり、レポートなんかも公式にアップしている。このバランスがちょうどいい。

ふだんも、理想的なゲイカップルに呪詛《じゅそ》を吐き、「モテないホモ」として世の幸せに悪態をついている姿は悲しいかな私の心地よいツボを刺激するし、時にはごくふつうに音楽やカルチャーについて何気なく書き込むその感じも心地よい。私はいわゆる「オネエ」と呼ばれるような演技じみたふるまいをうまく受け止めるのが苦手なので、彼が文章ではあまりそういった言葉を使わないのもよかった。

お互いにお互いのツイートを読む関係になりつつ、よりによって二人がネット上で最初に盛り上がった話題は「うんこ次郎」についてのものであった。

またウンコの話かよ。ひどいね。まあちょっと我慢して読んでくださいよ。

「うんこ次郎」のことなど誰が知っているだろうか。二〇〇〇年頃に音楽雑誌『クッキーシーン』[※]に連載していた、非常にマイナーな漫画家の名前である。コマ割りの線すら雑な殴り描きの絵の上に、ストーリーとまったく関係のない（いや、そもそもストーリーなどほぼないが）時事ネタやらディープな音楽ネタの一言を大量に節操なく貼り付けた、およそ商業ベースに乗るものとは思えない異常な作風。この人についてあるときふと私が思い出し、「よく考えると、私がほんとうに描きたいのはうんこ次郎先生のような漫画です。うんこ次郎先生が好きな方とは友達になれそうな気がします」とツイッターにこぼしたところ、サムソンさんのほうがはるかに「うんこ次郎」を覚えており、「昔、上野のHMVで見かけて買おうか悩んでやめたことを後悔している単行本だ！」「七〜八年ほど昔、ク

※阿佐ヶ谷ロフトA　東京・阿佐ヶ谷にあるトークライブハウス。政治からアイドルまで、日替わりで様々なイベントが開催され、客は入場料を払い飲食しながら観覧する。ロフトプラスワン、ネイキッドロフトなど、東京近郊には「ロフト」系列のトークライブハウスが多数存在する。

※東京レインボープライド　東京・代々木公園でゴールデンウィークに開催される、性的マイノリティのパレード・イベント。「プライド」という言葉は性的マイノリティのパレードを指す語となっている。

※『クッキーシーン』　音楽雑誌。一九九七年、音楽ライター伊藤英嗣が自費出版で創刊。主にアメリカや北欧のインディーズ音楽を積極的に紹介していた印象がある。現在はウェブマガジンに移行。

ッキーシーンやインディーズマガジン[※]を、うんこ次郎のマンガ目的で購入してました……」とリプライが来て意気投合、ひとしきり盛り上がったのだ。

出会いからしてウンコだったわけだから、こののちに訪れる同居初日という節目の日にウンコが関わってくるのは必然だったのかもしれない。

ともあれ、ふだんの書き込みの内容からしてお互いにネット中毒であることも自明だったので、これをきっかけに私たちはごくたまにツイッターでやりとりをするような仲になっていった。しかし顔を合わせることは一度もなく、私は当時彼の著作を読んだことすらない。完全にバーチャルな友達である。


さて、時代はだいぶ進み、「うんこ次郎」で盛り上がってから五年後。

ちょうど私が「ゲイとの結婚」について考えはじめていた二〇一六年六月のこと、フロリダのゲイクラブで五十人もの犠牲者が出る悲惨な銃乱射事件が起きた。サムソン高橋さんはこのとき、犯人自身もゲイであったという説に基づいて、ネットメディア[※]に理性的で奥深い記事を寄せていた。

以前からライターとして説得力のある文章を書ける人だとは知っていたものの、この冷静な論考には不謹慎ながら少し感動すらしてしまった。それでいて、こういうマジメな記事をツイッター上で発表するときには「この記事のいちばんの売りは『ヘッダー画像の犯人じゃないほうの男、天使みたいにチャーミングだけど、いったい誰？』ってとこですからね！」なんて書く。犯人じゃないほうの男とは、つまり筆者であるサムソン高橋本人のことである。きちんとした記事を発表することに対する振り切れた含羞《がんしゅう》。

これを見たとき、私はハッと思いついた。

そして、記事のリツイートをした直後、「サムソン高橋さんはチャーミングだし、原稿も、まじめに書いても毒を吐いてもおもしろいから大好きで、偽装結婚の相手として最高じゃないでしょうか……」とツイッターの画面に勢いで書きなぐった。

恋愛を経たものではない、私の求める結婚の像を簡単に表すために「偽装結婚」という言葉を使ってしまった。なんとなれば冗談で済ますこともできるし、もし相手がこの言葉に眉をひそめるようだったらこちらもすぐにこのカードを引っこめますよというエクスキューズを含めての「偽装結婚」という単語。だいぶ腰が引けながらの不意打ち攻撃である。

彼はゲイでデブ専でフケ専であるため、どこをどうしたって私が恋愛対象に入ることは

※インディーズマガジン　音楽雑誌。リットーミュージックより一九九五年十二月創刊。邦楽のインディーズ音楽を主に扱う。二〇〇一年十二月休刊。
※フロリダのゲイクラブで……　二〇一六年六月十二日、フロリダ州オーランドにあるゲイナイトクラブで発生した銃乱射事件。五十人が犠牲となる。容疑者はアフガニスタン系で、クラブの常連客であったと報じられた。

ない。むろん、私から見ても彼は共感こそすれ、恋愛対象ではない。何言ってんのこの女、相手に困っていたってあんただけはないわ、と言われることを考慮に入れつつのチャレンジであった。

意外にもすぐ、好意的な返事が来た。

「お互い道に迷ったらぜひ！（私のほうはすでに迷ってる）」

この返事で私はイケると確信してしまった。「お互い恋愛感情のないゲイと結婚」という絵に描いた餅が急に具現化したのだ。

冗談として捉えていたとしても、少なくとも彼がこのことについて否定的ではないことは間違いない。「すでに道に迷っている」のだから、愛し合う永遠のパートナーに巡りあってともに暮らすという夢はおそらく持っていないのだろうし、私がゴリ押しすれば、彼の今後の選択肢に私と暮らすというプランが含まれてくる可能性は十分にある。サムソン高橋さんなら、この私の計画につきあってくれるかもしれない。

私はいろいろな先々を想像しながら、数分考えて返事を書きつけた。

「とりあえずお見合い（サシ飲み）しましょう！（まあまあ本気）」

迷ってカッコが多くなった。カッコつきで「まあまあ本気」と書いているのは、つまり、百パーセントの本気という意味である。シンプルに「本気」と書いてしまってはこちらの血走った目を見せることになってしまうし、万が一にも恋愛感情だと思われては申し訳ないので、こちらだって半歩下がるくらいの遠慮はする。彼はおそらく、「まあまあ本気」と書いた内心が完全に本気であることを読み取れる人だと思う。

私が男性を何かに誘うときは、いつも極端に慎重になる。

実際に私がどう思っているかは別として、私から思慕の情を向けられていると先方が感じてしまった場合、気色悪さに総毛立つであろうと思う。それは気の毒なので、「コイツとは何も起こりえない、コイツがこれ以上迫ってくることはない」と、安心した状態で私と会話していただきたい。だから、私が男性に声をかけるときは同時に「あなたに対して恋愛感情など一つもありませんよ」という様子をなるべく分かりやすいように提示しないといけない。

こういった自分の態度や言動のチェックが脳内でうるさすぎて、私はそもそも男性を遊びや飲みに誘うという行為に出ることがほとんどなかった。

しかし、今回のサムソン高橋さんに関しては「結婚」狙いだと最初から明言しており、お互いに恋愛感情もないと分かっている。だからこの手の慎重さなんていらない。この勢いで、何かに誘って距離を縮めちゃえばいいんじゃないかな。

いいんじゃないかな、と思っていたのに。

サシ飲みをしましょうなんて自分から言ったくせに、この会話はそのままうやむやで終わりになり、すぐにどこかのお店を探して提案するような積極的な展開にもっていくことはできなかった。

こういうパターンでも私は遠慮してしまうのか。恋愛風の厄介ないろいろをすっ飛ばしたくてこのたびの行動に出ているというのに、まだ人を誘うことに二の足を踏むとは。私たちはたった一度顔を合わせてから八年も経過しており、そのあいだ一切会っていない。ネット上で何度か会話しているとはいえ、決して社交的ではない私が現実に踏み出すにはまだ度胸が足りなかった。

そもそも、私はサムソン高橋さんのパーソナリティをさほど知らない。仕事内容をおぼろげに把握している程度で、どこでどのように過ごしてきていまどう暮らしているのか、何も知らない。将来的にともに暮らすのであれば、相手のことはよく知っておきたいよね。ひとまず彼のツイッターを改めて熟読してみようかな。

で、読んでみると、どうやら彼はいま自宅を大幅に、しかも自力で改装しているらしい。螺旋階段の蹴込みの部分、もともと木の肌の色をしていたところにモロッコ調タイルシートを貼りはじめている写真が投じられており、踏み板は明るい水色に塗られていて、全体的に地中海リゾートのような雰囲気。

さらには、どこかの部屋のカドの鋭角になったデッドスペースの壁面に、三角形のカラフルな板材を差し込む形で小さな飾り棚を作り、その写真に「着脱式で棚を六つ作ったんで冬は暖色を多くしよう」なんて付け加えている。棚板は、オフホワイト、水色、オレンジ、くすんだ青などにペンキで塗られていて、ポップでキュート。積み木で作ったみたい。

私はその写真に対してリプライを送った。

「なんか超かわいいので結婚を前提に遊びに行きたいです」

自力でこんなかわいいインテリアを作るなんてすごいなあ、と純粋に思ったのだけど、単に「超かわいいですね」というだけではなく、「遊びに行きたい」と踏み込んだうえに、完全にふざけた唐突さで「結婚を前提に」の言葉をぶちこんでみた。これも、以前の偽装結婚の話はまだ生きてますよ、本当に本気で考えてますよ、という確認のため。冗談っぽい調子なら踏みこめる。

「お待ちしております。この階は夏場はエアコンがなくてヨーグルト製造場になりますので涼しくなった頃がよろしいかと」

のちに教えてもらったことだが、この棚のある三階は屋根からの日光の熱をかなり吸収するようで、晴れた夏の日は酷暑になり、うっかり牛乳を置いておいたらヨーグルトになってしまったことがあったらしい。

「一軒家なんですか？」

「狭小三階建て築四十五年八百万の一軒家です……」

「なおさら行きたいですそれは！」

まさか家を購入しているとは思わなかった。しかも、かなり年季が入った格安物件。二十二歳のときから六畳和室、築四十年弱の下宿風アパート「加寿子荘《かずこそう》」に十年近く住んでその物件を愛し、その時代だからこそ作られうるレトロモダンで時に非効率的なデザインの建物を好むようになった私にとっては、このようなお家はただでさえ魅力的。なおのこと彼の家に行ってみる合理的な理由は確立したかのように思えた。

しかし、ここまできてもあと一歩が踏み出せない私である。次の何曜日に行きますね！なんてちゃっちゃとこっちで予定を固めて行ったっていいはずなのに、いきなり一人で「来ちゃった」なんつって玄関先にすべりこむのはまるで女子大生の恋愛のようで気恥ずかしいし、我ながら何を盛り上がっているのかと心の底から冷気が上がってくる。なんなら彼にも「なんだかんだと言い訳をつけて、やっぱりコイツはマジで恋愛感情を持っているのでは」と誤解され、警戒されてしまう気がする。何度確認しようとも、万に一つも恋愛感情はないということを徹底して分かってもらわなければ動きづらい。このプロジェクトを遂行しはじめてなお、一般的な恋愛かのように不毛な脳内会議をしているのがどうにもやるせない。

家に遊びに行きたいと表明してみたのが二〇一六年の六月下旬。その後も、「涼しくなった頃がよろしいかと」という言葉に応じる形で私はしばらく何の行動もせず雌伏《しふく》の時を過ごした。

とはいえ、今回は同居というかなり具体的な目的があるため、意欲的に推し進める気力は一向に萎えない。

次にタイミングが巡ってきたのは、八月も下旬になってからのことだった。

八月二十六日、サムソン高橋さんはあるイベントの情報をツイッターにぽたりと落とし、「おもしろそう」とだけ書きつけた。

前都知事選候補、宇都宮けんじが焼酎を五杯飲んでから語るトークライブ
宇都宮では勝てない？　歳を取りすぎている？　骨のある左翼？　全ての答えはここにある！　前代未聞のトークライブ決行！
日時：九月三日（土）
場所：高円寺パンディット

宇都宮氏は、消費者金融問題や貧困問題に取り組んできた弁護士。ちょうどこの年の都知事選の際に立候補を表明していたものの、野党統一候補として鳥越俊太郎が出てきたために出馬を断念せざるを得なかったということがニュースになっており、いわば旬な人物であった。このときの選挙では結局小池百合子が圧勝して当選したが、私自身は鳥※越俊太郎の言動に大いに幻滅したこともあり、当選することがなかったとしても宇都宮氏が出ていたほうがよほどよかったんじゃないか、なんて考えていた。印象は決して悪くない。

共産党系のイメージが強く、弱者に寄り添う視点はありそうだけれどなんとなく堅物でシャレが通じなそうなおじいちゃん（失礼）というイメージがある宇都宮氏が、なんと酒を呷《あお》ってから話すというイベント。ふだん政治的な話題に首をつっこむのをわりと苦手としている私も、はっきりいって「あのマジメそうな人が酔っ払って話すなんて、内容が予想できなくて物珍しい」という程度の興味で、気になった。

これは私たちの「初デート」としては最高じゃないだろうか。恋愛じみた調子がまったくないし、どちらかの趣味におもねっているわけでもない。私たちは、属性ゆえにLGBTがらみのトピックには多少興味を持つものの、さほど政治的スタンスを明確にしているわけでもないから、二人とも純粋に俗な興味で参加することは明らかである。イベントに対する熱量はちょうど同じくらいのはずだ。以前からためらいの原因となっていた、共通の話題がないという問題も、こんな極端なイベントを見た日には話が尽きることもなかろうよ。

場所は、かつてサブカルと呼ばれていたような、世間の端っこをさまよう文化を愛するロフト系のイベントスペースの中でもとりわけ小さなハコ「高円寺パンディット」。キャパシティはわずか三十人程度。雑居ビルの二階の、味も素っ気もない空間で、いい意味でロマンチックさのかけらもない。絶対に『※ヒルナンデス！』とか『※王様のブランチ』で紹介されないやつだ。どの条件をとっても一般的なデートからはかけ離れている。

私はこのツイートに気づいて、即「めっちゃ気になる。行きませんか？」とリプライを送った。彼からはすぐ、「おひまでしたらぜひ」という、なんとも気のぬけたひらがなだけの短い返事が来た。

これでついに、いよいよ、「結婚」に向けての具体的な一歩が踏み出されたのだ！

※鳥越俊太郎　ジャーナリスト。二〇一六年、東京都知事選挙に野党統一候補として立候補するも、「ちゃんとした公約はできていない」「他候補の公約も読んでない」など無責任な発言が見受けられ、三位で落選。その後のインタビューでも「ネットはしょせん裏社会」などと答え、悪い意味で話題となった。

※『ヒルナンデス！』　情報バラエティー番組。平日（月～金）のお昼に放送されている、いわゆる帯番組。メインMCは南原清隆。日本テレビ制作、二〇一一年より放送開始。

※『王様のブランチ』　土曜昼、二部構成の情報バラエティー番組。売れ筋の本や映画をランキング形式で紹介したり、週末に楽しめるグルメや旅の情報をガイドしたりする。TBS制作、一九九六年より放送開始。

私はひとり興奮していた。ミャンマーで。

そう、なんの因果か、私はこのときもミャンマー旅行をしていた。旅行先でも日本にいるときとさほど変わらずツイッターはチェックしていて、日本で起こったしょうもないニュースにもアクセスしているし、友人の日常も見ていた。スマホがあればミャンマーからデートのお誘いもできるわけだ。Wi-FiフリーのSNS社会に万歳である。


こうして、私たちは八年ぶりに会う。目的が目的なので、イベントに対する俗な興味のほうが打ち勝って、ほぼ初対面に近い人とデートのような形で会うということへの緊張や高揚感は案外湧かなかった。

そしてなにより、それどころではなく私は体調が悪かった。

イベントに誘ったあとにミャンマーから帰国し、数日間、徹底的にお腹を下していた。

私はいつもなぜか現地では元気で、帰国してからお腹を壊すみたいだ。せっかくここまでこぎつけたデートチャンスを一からやり直すかどうか迷ったくらい具合が悪かった。こうして見ると、私たちの出会いには節目節目でウンコが絡んでいたし、なぜかミャンマー渡航も絡んでいる。どこか運命じみているけれど、運命にしては関連性がなさすぎる。運命なんてないんだよ、自分で引き寄せた必然に偶然が混ざってこうなっただけ。

チャーンビール の章

トークイベント当日。腹の下しぶりもようやくほどほどに落ち着いて、どうにか人様の話を楽しめそうなくらいの体調は保っていた。高円寺駅で待ち合わせ。

九月の頭でまだまだ暑いさかり、まとわりつくような湿気の土曜日の夕方である。私はデートのロールプレイとして、ふだんあまり着ないワンピースを着てみた。ド派手な色を使っていない、わりとシックなもの。

これは自分に対して「今日はデートだぞ」と自覚をうながす目的ではなく、相手に失礼のないように、というつもりでの装いである。一応、「デート」の誘いも、「結婚」の誘いも、私から言い出したことであるから、一方的なふざけ半分やノリにつきあわせているわけではないという誠意は見せておきたい。

それに対し、サムソンさんはタイで買ったというチャーンビール※のTシャツを着ていた。このバランスがよい。私が少しだけ気張っているというスタンス、これがちょうどいい。

北口の細くて猥雑《わいざつ》な通りを抜けて「高円寺パンディット」へ、ごく数分間の道のりをお互いに敬語で話しながら向かう。私たちは会話こそぎこちなかったが、かなり久しぶりの対面のわりにはスルッと日常のように「仲のよい二人でイベントを観に来た」という状況に入り込むことができた。ツイッターでよく会話しているうえ、高円寺はよく来る場所で慣れているため、まったくドラマチックさを感じない。

このイベントの席は、私が誘ったくせに、サムソンさんに取ってもらっている。というのも、申し込むのが遅かったようで、問い合わせたときには席が完売だったのである。たまたまサムソンさん自身が以前にここで何度かイベントをしたことがあって、お店の人とも懇意にしていたおかげで、厚意で席を用意してもらったのだ。

ここはなにしろ狭いので、私たちのために用意された椅子はステージからいちばん遠い壁際の左隅にむりやり押し込められていた。私たちはそこに、みちみちに詰まるように座った。

私はこれといって予習らしきこともしないままふらっと来てしまった。ステージとも呼べない会場前方のスペースで、宇都宮けんじさんはいいちこや二階堂をたくさん飲み、顔をはちきれんばかりに真っ赤っ赤にしながらも、トーク相手の人（何者かよく分からない）と今般の選挙のふりかえりや今後の見通しについてわりと柔らかい調子で語っている。しかし、時間が進み、お酒も増えてくるにつれてだんだん語りは熱を帯び、それと連動してアルコールが体内を駆け巡っているようで、内容はただただ同じことの繰り返しになっていく。

　私たちはその様子も含めて楽しんだものの、メインパーソナリティがベロベロのため、トークがどうにもきれいに終わらない。締めらしい締めもないまま、宇都宮さんが得意とする卓球をやりましょうと近しい人たちが盛り上がる、変な流れになった。仲のいい人たちやお近づきになりたい人たちでこの場がどういうわけか卓球大会になるようだったので、私たちはさすがにそこまでは滞在せず、二人でそっと示し合わせながら会場から抜け出ることにした。

　ところが、高円寺パンディット店主の奥野さんがあわててサムソンさんに声を掛け、引き留めてくる。

　私たちのツイッターなどを日頃からチェックしている奥野さんは、あわよくば私たちの「結婚」などを含めた一連のおかしな展開を語ってもらってイベントにしたいという思いがあるらしい。ぜひここで何かやってくださいよ、と、腰を低くしながらも押しは強めで提案してくる。

※チャーンビール　タイ国内での消費量第一位のビール。アルコール度数五パーセント。「チャーン」はタイ語で「象」を指し、象のマークが特徴。

私は、そういうのは……賛成なんですよ。

だって、私はもとからこの「結婚」について、パッケージングのおもしろみを重視しているのだから。

実態だけにフォーカスすれば、この私の計画は、性別など関係なく「単なる、さみしいものどうしの同居」と捉えられても致し方ない。そこをわざわざ私は飾り立てて、カッコ書きしたり額縁《がくぶち》に入れたりして、奇妙な「結婚」という儀式めいた形にしたいのだ。その流れに棹《さお》さしてくれる提案に関しては喜んで乗っかっていくに決まっている。

じゃ、ぜひやりましょう、ってことで話をまとめ、日時なんかはまた後で、ということにして、私たちはのびをしながら狭い階段を下りて通りへ出た。さてこのあとどうしましょうかと思っていると、サムソンさんはすでにプランを持っていた。「知り合いのホモ夫婦（夫夫）がやっているお店があるから、そこでよかったら行きません？」と。

はは一、「夫夫」の店なんだ。私がこの「結婚」について過剰なほど丁寧に土台を固めながら進めているというのに、あっさりと（とは限らないが）そのへんの山谷を越えて「夫夫」としてお店なんかやっている人もいるんだな。

いや、そんな人はいくらでもいるだろうし、人には人それぞれの大変さがたくさんあることも想像はできるんだけど、他人を見ればすぐに私は自分の不器用さの証明であるかのように受け止めてしまう。

数駅先で降り、線路沿いをしばらく歩いて、イベントのたわいもない感想などをまだぎこちない敬語で話す。お店については「まあいいところなんだけどね〜、ちょっとお高いから一人で行ったりするってことはあんまりないんですよ」という調子。とっておきのお店にお連れしますよという感じに聞こえなくもない。商店街とは言えないあまりひとけのない道を進んでいくと、住宅地のなかにあるその店に着いた。

戸を開けると、落ち着いた店内に、やや大柄でやわらかい印象のご主人、そしてパートナーなのであろう細身で坊主頭の男性、二人がコの字型カウンターの内側で迎えてくれた。お客さんはほかにいない。お話好きそうなご主人は、あらごぶさたね、なんて言いながら、「どうしたの、きれいな女の子なんか連れてきて、いいじゃない」と言う。

えーと、なんだろう、その言葉は。やや複雑な数式だ。

私を「きれいな女の子」としてくれたところは一旦ありがたいお世辞としていただいておくとして、こんなやりとりはどこにでもある居酒屋だったら起こりうる平凡なものだけれど、店主氏はサムソンさんを当然ゲイだと知っているわけだから、「すてきな殿方」を連れてきたのならともかく「きれいな女の子」を連れてきたことは特に喜ばしいことではなかろう。ふしぎな違和感。

まあ、でもふだん連れてこないようなタイプの人を連れてきたらそんな言葉で茶化したりもするかな、と思いながら着席。私がゲイカルチャーを複雑に考えすぎているのかもしれない。はじめまして、となる店主氏に、このたびの結婚だのなんだのというややこしいことを話すのもめんどうなので、いまいっしょにちょっとしたイベントを観に行ってきたんですよということは伝えつつも私たちの微妙な関係性については特に触れないでおく。

ここは、たくさん並べられた大皿に煮物やら炒め物やら魚の漬けたのやら、素朴だけどしっかり作られた和風のお惣菜が美しく盛られていて、食べたいものを指して取ってもらうという形のお店だった。こんなお店なら私は日本酒をいただきたいので、おすすめのものをちょっと教えてもらって、サムソンさんはビールで。

大根と魚の煮たのとか、ほくほくの小芋とか、マカロニサラダとか、ちょっとずつついただいて。街と遮断されて時間が少し遅めに流れているような、このままここで何時間でもくつろいでいられそうな空間がたいへん心地よい。心地よい。いいね。

と、思いながらも、私はほんの少しだけ焦りはじめた。

さっきから、今日のイベントの話やら、旧知の仲であろう店主氏にサムソンさんの昔の話を聞いたりやら、会話はなんちゅうことなくつづいていて気まずさはないのだけれど、私が本日言うべきことをまだ言えていない。今日という第一幕がもうそろそろ閉演時間になってしまう。

私は第一幕からクライマックスに持っていくつもりだった。

つまり、ほぼ初対面の、敬語のぎこちなさのままで、私はさっさと結婚の件についてしっかり切り出したかったのだ。

ツイッターではしつこく言っているし、今日だって最初からその話の流れで誘っていて先方もそれは理解している。けれども、自業自得とはいえ毎度冗談のようなムードをただよわせながら私が言及しているので、まるで大いなるおふざけのように思われていてもおかしくない。このプランそのものは、今後力強く、私が本気で推し進めていくものである！それでもよろしいか？ということをしっかり確認し、了解を得なければならない。世間一般的な言葉に訳するなら、プロポーズである。

多少酔ったサムソンさんは、スマホを出してカメラアプリを起動している。彼は酔ったときに（いや、酔っていないときも）よく自撮りをしている。彼がかわいこぶった自撮り写真をツイッターにアップするのは、多少おふざけも入っているんだろうが、ゲイ界隈に向けての軽いセックスアピールの要素もだいぶ含まれている。それなのに全力でかわいこぶるのはきっと苦手で、いつも笑顔を浮かべきれていないのが好ましく、私もそのノリは嫌いじゃない。

しかしこの日はスマホを出すと、せっかくだから二人で撮りましょう、と提案してきた。カウンターに座ったままレンズを向けられたら私もついぎこちなくピースサインなんかしちゃって、二人で顔を寄せた状態でシャッターボタンをタップ。そしてそのまま彼はせかせかとスマホをいじっている。アップされて困るもんでもないからまあいいか。私はさすがに友人知人とご飯を食べている最中にスマホをこんなにいじることはないので、サムソンさんは私よりもスマホ中毒かもしれない、と思う。

じっとりした焦りはありつつも、別にこれは恋愛結婚の流れじゃないんだし、ツイッターでもさんざん言ってるし、今日は「結婚」の確認まで踏み込まなくてもいいか、と私はあきらめはじめた。しかし、これだけ保険を掛けるかのように「結婚」を形骸化したうえオリジナルのパッケージングまでして、それでも切り出しづらいとは、自分の臆病さがつくづくいやになる。もう終電も近いのでさっさと会計をすませましょう。私が誘ったんだからおごろうか、との考えが一瞬よぎったけれど、それも相手に気を遣わせそうなので、割り勘で。

多少の徒労感におそわれながら外に出ると、雨が降っていた。傘がない。予報、雨なんて言ってたっけ。

「言ってましたよ〜」

サムソンさんはしっかり傘を持ってきていた。

こんな状況で、よりによって相合い傘で駅まで帰ることになった。苦笑いが出ちゃうよね、初デートの帰りが傘を忘れて相合い傘なんて、七〇年代の少女漫画じゃないんだから。

鉄道ガードに沿った道を駅まで戻っていく間、意を決した感じでもなく、さっきまでの話のつづきかのように不意にサムソンさんが言ってきた。

「で、結婚前提ってことでいいんですよね？」

イームズチェアの章

「え？　ええ？　あ、はい……っ」

　まさか先方からその話が先に出てくるとは思わず、私はこれまた七〇年代の少女漫画のように慌てふためいてしまった。

　お互いに恋愛感情がなく、性的欲求はそれ以上にありえず、最初から形式としての結婚を志したというのに、「肝心なことが言い出せない」とか「そしたら向こうから先に切り出されてドキドキ」とか「突然降り出した雨のせいで相合い傘」とか、完成度があまりに高すぎる。ここまでできあがっていれば迂闊《うかつ》にも感情までそちらに引っぱられそうになるけれど、目の前にいるのは私を恋愛対象にするはずのない自称フケ・デブ専の、心は小松菜奈だと言い張るゲイのおじさんである。しかし、形の上のことであろうと、不意打ちの「プロポーズ」なんてなかなかあるもんじゃない。

　自分でお膳立てした設定に相手が乗ってきてくれたというのに、いざこうなるとふりまわされているようで少々悔しい気持ちもありつつ、さすがにうれしさが顔にあふれでるのは止められない。それでいて、この感情まで含めてすべてが形式なのかもしれない、と冷静に考えている自分も奥底に残っている。

いいんですか？　じゃあそういうことで進めますけど、いいんですかね？　と興奮ぎみに私が念入りな確認をすると、サムソンさんはまあ、まあ、はい、と平然とした顔で軽めの返事。

とにもかくにも言質《げんち》は取れた。これからもこのプランを進めていってよい、という強力な自信がみなぎってくる。まずは大きな一山を越えたのだ。

都心に向かう空いた中央線で帰り、ほこほこした気持ちで別れ、家に帰ってツイッターを追っていると、サムソンさんはさっき二人で撮った写真をもう上げていた。私はのんきにピースなんかして、サムソンさんは不敵な笑みを浮かべている、熟年夫婦のような雰囲気の写真。そして、そこにはなんとすでに「結婚を前提としたおつきあいをはじめました」と記されている。さっきのお店でスマホをいじっているとき、彼はもうこんなことを書いていたのか。

こうして「おつきあい」についてツイッターで世界に公開したものだから、祝辞のようなリプライも見知らぬ人から次々に届いていた。みんなシンプルに祝ってくれているけれど、私のややこしいプランについてこの人らは一体どう考えているんだろうか。複雑な事情などどうでもいいのか。「結婚」となればなんであろうと「おめでとう」なのか。素直に受け取るには妨害する思いが多すぎる。

しかし、サムソンさんからは「本当に楽しかったのでお暇がありましたらまた飲みましょう」というLINEも届いて、気分がいいことに間違いはない。パンディットのスタッフさんからは、私たち二人によるイベントについて前のめりに開催を念押しされたそうで、「お暇ができたらまた打ち合わせがてら。また良い報告ができるように☆」とのこと。

「良い報告！　私の人生になかったいい言葉です」

「私も生まれて初めて使ったフレーズです」

どうやら我々、結婚に対する歩調はかなり似ているし、その点でも気が合うようである。

しかしよく読めば、サムソンさんのツイッターの言葉には「結婚を前提としたおつきあい」が始まった、とある。「おつきあいはともかく結婚してしまいたい」という私とは、似ているようでズレている。さてどうしたものか。まあ、私はあちらの住まいの状況も把握していないし、なにしろ荷物がすさまじく多いから、すぐに同居するというのはどちらにしろ現実的じゃないわな。まず同居への第一歩としてお家を訪問してみたい。

お家訪問のプランについては、すぐにサムソンさんのほうからも提案があった。いわく、荒川の花火大会のときに来てみたらどうか、と。十月に荒川で行われる「北区花火会」。

サムソン邸から荒川までは遮るものがなく、三階建ての自宅の屋上にあがると花火がよく見えるんだそうで、家を買ってからの数年、花火会の日には友人知人を呼ぶことにして、ちょっとしたパーティというか飲み会のようなものを催すらしい。今年は建物の自力改装もそれに向けて完成させるつもりだそうで、彼には珍しく例年よりもだいぶ気合いが入っている模様。

私は、そういうのは……大いに苦手なんですよ。

サムソンさんと私に共通の知り合いはほとんどいない。花火会に来るのは、どう考えても私が一切知らない人たちになる。知らない人だらけの完成したコミュニティの中に後から無理に入っていくのは、いちばん苦手とするところ。

しかしこれも「結婚」と地つづきの話だ。世間一般の結婚であれば、古くさいジェンダーロールを押しつけてくる先方の親戚筋やら会社の上司やらをうまくあしらわなければいけない、なんてことがあるわけで、それに比べれば屁でもないはず。「結婚」のためにはこれくらいはがんばろう。

※ ageHa の Shangri-La を上回る日本最大級のシャイニーイベント、北区花火会鑑賞会が今年も私の自宅屋上で行われますので参加者はご連絡くらさい。面識のある方以外はイ

ケメンと気前のいいお金持ちのみ参加可能。

パンディットでの「プロポーズ」からしばらく経って、サムソンさんのツイッターにこうした知らせがバーンと張り出された。告知はわざと派手そうに装っているけれど、実際にはもちろん大した人数が集まるわけではなく、ワンルームマンション程度の面積の小さな屋上に収容できる範囲に収まる見込みである。

告知につづいて、花火会に向けてお家がどんどんキュートに飾り付けられている様子がネット上にアップされていく。以前に写真で見た三角形の飾り棚のある部屋には、ケチャップ色のソファー、鮮やかなレモンイエローのイームズチェアが置かれ、壁には余ったベニヤで作ったという三色の四角い壁掛け棚、床には螺旋階段に貼ってあるのと同じモロッコ調タイルシート。どこにも油断なくキュートネスが満たされた部屋の入り口には、ピ※チカート・ファイヴのアルバム『ベリッシマ』のポスターがアクリルパネルを使って完璧に掲げられ、サングラスの女たちが空を見上げている。「落ち着いて考えて、五十前のおっ

※ageHa の Shangri-La 東京・新木場にあるライブ・イベントスペース「STUDIO COAST」で行われていた日本最大のゲイイベント。二〇一七年、開催十五周年を機に終了。
※ピチカート・ファイヴのアルバム『ベリッシマ』 ピチカート・ファイヴ通算二枚目のアルバム『Belissima!』。ジャケットのデザインは信藤三雄。ボーカルは田島貴男。一九八八年発売。

さんが気ままに棚を作りました、で仕上がりがこれなのは狂気以外の何物でもない」「来週の花火会用にババア連中の隔離部屋がでけた」などとひねくれた言葉で部屋を紹介していても、その毒気が吹っ飛ぶほどとびっきりにガーリッシュでポップである。

和室もあるようで、そちらには間接照明を二つも設置して「なんとなくセックスできそうな部屋になった！」と盛り上がっている。屋上にはカラフルにペンキを塗ったウッドベンチまでこしらえて、日に日に人を呼ぶ態勢が整っていく。

といっても、私はそれをすべてネットを通じて観察しているだけ。「プロポーズ風」の日から数週間、特に会うこともなく、連絡も取りあっていない。

様子見に、「花火って十月八日でいいんでしたっけ？」と、なんでもない話題のＬＩＮＥを送ってみる。

「そうですー。そういや手すりもつけて階段完成しましたよ」

サムソンさんはそう言ってツイッターに上がっていない写真を返してきた。水色のペンキとモロッコ調タイルシートで彩られた螺旋階段の真ん中を貫くミノルカブルーの柱に、目を引くオレンジ色の手すりが取りつけられている。

「鮮やか！　無骨な男がどんどん来づらくなりますよ！　かわいい！」

サムソンさんはフケ・デブ専であるから、ほんとうは無骨な野郎に来てもらいたいはずなのだ。

「もうファンシー極めようと覚悟しました」

「北区をファンシーにしましょう。北区の北欧にしましょう」

「今度お暇がありましたら、牡蠣《かき》フライ食べ放題かカラオケでも御一緒しましょう」

お部屋自慢を楽しく聞いていただけのつもりだったのだが、あっさりと向こうから「デート」に誘われた。この展開はありがたい。「牡蠣フライ食べ放題」はこのあいだ会ったときに話していた、私の自宅近くの新しい洋食店がやっているランチメニューである。

「カラオケも!?　何歌うんですか？　いきましょー」

「キリンジ弟※のシルキークリスタルボイスを目指してるのですが、フィッシュマンズ※とブランキー※が声質はぴったりというね」

「フィッシュマンズがぴったりなのはすごい！　北区の渋谷系かつ北区の北欧ボーイですよ」

※キリンジ弟　一九九六年に兄弟で結成されたバンド「キリンジ」の元メンバー（弟のほう）である堀込泰行のこと。二〇一三年には脱退し、ソロとして始動。
※フィッシュマンズ　一九八七年、明治学院大学のサークル内で結成されたダブバンド。一九九九年、ほぼすべての作詞・作曲を担っていたボーカル・佐藤伸治の逝去により活動休止。
※ブランキー　三人組ロックバンド「ブランキー・ジェット・シティー」の略称。一九八七年結成、二〇〇〇年解散。

ＬＩＮＥでの私たちの会話は実に軽快で、敬語であることをのぞけばそこそこカップル風であるような気がする。この際なので、私はまた一歩踏み出した。

「サムソンさんって呼ぶのが他人行儀なので、アキラくんにしようかと思ってるけどいいですか」

サムソンさんの本名は「アキラ」である。

「ぜひー。交際一歩前進感が」

キュンキュンするような、きわめて順調な滑り出し。

プロポーズっぽいやつとか、こういったＬＩＮＥでのおつきあいっぽいやつとか、「恋愛プレイ」みたいなものを細かく達成するたびに私はスタンプカードを押すように一つ一つ満足している。実際の恋愛でないとはいえ、いやむしろ実際の恋愛でないからこそ、恋愛関係のような仲睦まじさはバカバカしいと思いつつも案外ちょっと楽しいのである。私はどうやらこういう子供のような「恋愛プレイ」に限ってはちゃんと喜びを見いだすらしい。このくらいの感じが必要にして十分だったんだ、と自覚する。恋愛面に関する私の欲求はとても幼いところで停止しているのだ。

これまでの自分の恋愛らしき経験のときには必ず、これは本当に恋愛なのか？　とか、私は本当に会いたいのか？　恋しいのか？　とか、限りない自問がつづいてずっとモヤモヤしていたのだが、アキラくんとの関係では、そんなものは当然まったく発生しない。当然嫉妬もしない。アキラくんが仮に男とデートしていてもなんとも思わないし、もしそんなことがあれば、むしろ友人としてその経緯を前のめりで聞きたい。もちろん、女性と出かけていることに対しても嫉ましさなどこれっぽっちも湧かない。楽しそうでいいねえ、とほほえましく思う程度。「恋愛プレイ」にときどき浮かれることはあっても、私の心理状態は見事なほどに予定通り、ほどよい状態に保てている。心の底にはまるで痞《つか》えるものがなく、とても爽快。

スポティファイの章

花火会の当日、私は昼すぎまで打ち合わせなどの予定があったため、少し遅れて参上することになった。午前中は曇り空で時々パラパラ雨も降り、花火日和《びより》とは言えない。アキラくんが「アキラのシャイニーパワーで北区の雨は夕方には止むはず……」なんてツイッターにこぼしているのを横目に見ながら打ち合わせに向かう。

ちなみに後から聞いて知ったのだけれど、「シャイニー」とはゲイ用語でいわゆる「リア充」のようなものにあたり、ゲイイベントに積極的に参加していて友人がたくさんいるとか、美容や肉体改造など見た目の努力を怠らず自撮りを頻繁にSNSに上げるとか、自己肯定感が強い充実したタイプのゲイのことをこう呼ぶらしい。アキラくんは、自撮りは確かによくあげているものの、そのソウルはシャイニーとは対極である。

改めて花火会に来るメンバーについてLINEで聞いてみると、「ガキ三匹連れた夫妻や乳飲み子連れた新妻とか女編集者とか、カオスっぽいメンツです。色気なさそう」という。交友関係が謎で、若干心配になる。

夕方になって、こわごわと北区へ向かう。すでにツイッター上には差し入れで様々な食べ物が届いている様子が報告されている。このころには空に晴れ間が見えてきていて、アキラくんも「アキラのシャイニーパワーすごい」と青空の写真をあげ、まんざらでもない様子。

日がだいぶ傾いてから着いたアキラくんのお家は、閑散とした地下鉄駅からごみごみした路地を歩いて数分。一戸建ての民家というよりは、高度成長期に拙速に建てられた感じの狭小なビルだった。引き戸の玄関が公道に面した形で唐突に設けてある。

チャイムを押すと、三階にあたる頭上の小窓が開いてアキラくんの顔が見え、「どうぞー入ってー」とおざなりに呼ばれた。考えてみれば私たちはまだたった三回目の顔合わせである。戸を開けると当然三和土《たたき》は狭く、そこに大量の靴。訪問客は思ったより多そう。

一階はダイニングキッチンにあたるようで、左に調理場、中央にだいぶ散らかった小さなダイニングテーブル、右手に例の螺旋階段。とりあえず人の声がする二階に上がると、まったく知らない人たちがおこたに入る形でくつろいでいたり、誰かがせかせかと階段を上っていったり、せわしない。キャパを超える人数を呼んでしまって余裕のなさそうなアキラくんも上からちょうど降りてきた。

アキラくんはエッセイ漫画の原作者も務めているので、案外この場には仕事で知り合った漫画家の方が多いみたい。ほかにもコラムニストや出版関係の方、単にサムソン高橋のファンとしてイベントに来る常連、何の関係か分からない人、その子供たち、で構成された合計十人強。半分以上はストレートの女性、残りはほぼゲイ男性、という組み合わせ。彼と近しい人たちとの会話を横で聞いていて、こういった環境にいるとアキラくんも案外オネエ言葉っぽくなるんですね、と妙な感心をする。

私自身もなりゆきでひととおり自己紹介を済ませたが、SNS時代だから先日の「結婚を前提におつきあい」の宣言もみなさんご存じである。どう思われているかはともかく、その場にはさらりと受け入れていただけた。

まあとりあえずみんな屋上に行きましょうよ、という話になり、そこにいた数人とともにバタバタと水色の螺旋階段をのぼる。三階の部屋に輝く『ベリッシマ』のポスターを目の隅に捉えながら、もう一階ぶん上がっててっぺんに出た。屋上には、すでにネット上で見ていた自作のカラフルなウッドベンチのほかに、簡易ハンモックまで購入したらしく、子供たちはキャッキャとはしゃぎながら乗ったり降りたりしている。狭いのだけはどうしようもないので、大人はそれぞれ、誰かが用意してくれたシートに窮屈そうに座ったり、立ったまま缶ビールを飲んだり。

たしかにここからは、荒川まで景色を遮るものがほぼない。明るいうちは、無機質だけどユーモラスな形の新岩淵《いわぶち》水門《すいもん》が遠方にのぞいていて、打ち上げ時間になるとそのあたりにきれいに花火が舞う。私は持ち込まれたお酒を紙コップでちびちび飲み、シートの隅っこに座って、何者かよく確認していないすぐ近くの人とちょぼちょぼと世間話を交わしながらささやかに花火を楽しんだ。

しかし、今回のメインディッシュとなったのは花火ではなく、このあとの泥酔パーティであった。

十九時半にはもう花火が終わってしまったので、めいめい二階の部屋に移動し、みんなでおこたを囲んだ。アキラくんは最近入った※スポティファイで、ちょっと前のネオアコなんかかけていい感じの雰囲気を作る。

ちょっと人が多すぎてぎゅうぎゅうなので、みんなだんだん弛緩した姿勢になっていく。私はちびちび飲んでいたつもりだったけれど、慣れない場所での緊張もあって日本酒をけっこう飲んでしまったようで、なかなかいい気分になっていた。アキラくんはというと、こちらも顔が赤黒くなるほどに酔ってきている。さっきから、ポップな水色のボディがかわいいペンタックスの一眼レフを持ってきて、気まぐれに写真を撮りまくっている。私のこともやたら撮っている。

各自が酔いながら近況などを話しているうちに、当然私たちの「結婚」の話になった。

バリバリのゲイ男性と一応ストレートを自認する女が結婚なんてどういうことだ、そこに愛はあるのか、など、結婚自体に疑問をさしはさむような話は一切出ない。漫画家の大久保ニューさんなんかは、まるで「モテない友達についに彼氏／彼女ができた！」みたいな感じでうきうきしている。

「能町さんは、アキランのことなんて呼んでるんですか〜？」

「いやー、『サムソンさん』って呼んじゃってますけど、『アキラくん』って呼ぼうかと思って……でもまだ慣れなくて」

「アキランは？」

「『能町さん』？　いやー『みね子』……かなあ」

「いやぁ〜！」

何の「いやぁ〜！」だか分からないが、笑顔の「いやぁ〜！」である。

ニューさんからは、アキラくんは「アキラン」と呼ばれているよう。じゃあ私も「アキラン」にするべきなんだろうか。ちょっとかわいすぎて抵抗があるなあ。

「え、アキラはそれで、結婚するの。能町さんは結婚……できるわけだもんね」

※スポティファイ　ノルウェー発の音楽ストリーミングサービス。二〇一六年、日本でのサービス開始。

編集者の方は、アキラくんをシンプルに「アキラ」と呼ぶ。私もそのほうが呼びやすいかなあ。

「そうね～、どうなんだろ。まあとりあえず、おつきあいよ！」

アキラの声がデカい。

「いいな～！　うらやましい～」

みなさん、我々の一言一言に恋愛結婚と同じように盛りあがってくれて、一体どういうつもりなんだろう。やっぱりこのコミュニティですら結婚＝とにかくおめでたい、なのか。ニューさんは「結婚式しよううよ結婚式！　派手婚！　そしたら呼んで～！」なんて、かなり突っ走っている。

しかし、ここまで周りがお祝いムードだと、私も酒の勢いもあって「ごっこ」なのかどうかなんてことはどうでもよくなってきた。みんながめでたいって言ってんだから、めでたいってことにしてしまおう。ほらほらもっと二人寄り添って！　写真撮るから！　なんて言われると、調子に乗って顔を寄せ合っちゃう。アキラもむしろノリノリでそれらしいポーズを取っちゃう。それをシャッターチャンスとばかりに激写するみなさん。

「じゃあもうこれすぐネットに出すわ、出すわよ」

アキラは撮ってもらった写真をすぐに転送してもらい、アルコールでつやっつやの笑顔を浮かべながら、それをすぐにツイッターにアップした。写真のアキラはあまりに素のまま のぼさっとした表情、私は舌を出してふざけた顔。そこに「結婚に向けて順調に愛を深めてます」とコメントまでつけている。掃いて捨てるほどいる単なるバカップルである。

「これ、吉田豪がさっさとリツイートしてくれないかな」

アキラが言う。プロインタビュアーにしてヘビーなツイッターユーザーの吉田豪さんは、いろんな業界でのスキャンダルがらみの案件をすぐにリツイートして拡散することで有名である。

私も、この事実をもっと大々的に、世間に広めたくなってきた。どうしてもツイッターの文章だけでは、言葉遊びの延長のようなもので、ふざけて言っているように思われている気がしてならない。結婚計画は本気ですよ、ほらマジでこの話グイグイ進めてますよ、世間よどうだ受け止めてみろ、という気分がふくらんでくる。

その後も、その場で何度も仲睦まじい写真を撮られておもしろがられているうちに密着度は高くなり、赤黒いアキラは何の抵抗もなくキスの姿勢に入った。私も何のためらいもなく口と口でキスをし、みなさまの「いやぁ〜！」を聞きながら至近距離で自撮りして、その写真を垂れ流すようにまたアキラのツイッターに放出。

「ねぇちょっとぉ、さっきの写真、吉田豪まだリツイートしてないじゃん！」

さっきの「順調交際」の写真が拡散されていないことにアキラが理不尽に怒っているので、私もすぐキス写真を自分のツイッターにも載せた。この「スキャンダラス」なキス写真はものの数分で大拡散されてネット上に広まるに違いない、と思ったが、しばらく経ってもまるで動きがない。頼みの吉田豪さんからもなかなか反応がない。私たちの大きなプロジェクトに世間はこれといって興味がないらしい。もっと見てくれよこのショウを。

ああ、そうか、二人だけでふざけあってるように見えちゃダメなんだ。誰か第三者が証人にならなきゃ。その場にいた漫画家の安彦麻理絵《あびこまりえ》さんもだいぶ酔っていたため、むりやりツイッターに「夫婦として認めます　安彦麻里恵」と書かせる。みんなヘロヘロなので名前が誤変換である。でも、人に公式に認めさせたということでむくむくと満足感が湧いてきた。

私はこの関係が、ただ二人のなかで設定として存在するだけじゃ満足がいかないらしい。うらやましがられる必要も、祝福される必要も別にないのだけれど、誰かにこの形式が確かに存在することを認めてもらいたい。

終電間近の電車で帰り、翌日の朝起きてスマホを確認すると、例の写真について吉田豪さんはこちらの期待通りリツイートしてくれていた。しかし、さほど拡散されてはいない。

私はこれらのしょうもないしょうもないツイートを酔いが覚めた状態で改めて見てみても、案外恥ずかしいとは思わなかった。幼稚にもほどがあるけど、これもまた新たな一歩である気がする。恋愛感情がまったくないからこそキスできちゃったし、平気でネットにあげられちゃう。そういうことなんだな。

そこにアキラからLINEが来た。

「ノリにつきあわせてしまい大変ご迷惑をおかけしました。酔いが覚めたら我ながら勢いでひどい写真をあげてしまったとびびってますが（主に能町さんに迷惑かからないかしらという点で）。消しましょうかしら？」

アキラは、写真をあげた行為が恥ずかしいというよりも、私に悪かったという気持ちでいるらしい。多少なりとも私に対して遠慮する気持ちがあるというその心構えはありがたいけど、心配まったくご無用です。

「もうかなり人目に触れてるから、別にいいんじゃないでしょうか！」

さらにつづけてこう送った。

「お試し同居、どうでしょう？　いまの私の家を仕事場みたいにして、毎日必ずそっちに帰るってほどでもなければ全然できそう。私の服がアキラの家に入りきらないってのがネックだけど」

「まあ一度お泊まりにでも来てください。パジャマパーティしましょう。女性お泊まり処女は麻理絵さんに捧げてしまったけど……」

あの日あのあと、安彦麻理絵さんはいつの間にか一人で立てないほど泥酔していて、アキラの家に泊まった初めての女性になってしまったらしい。ちょっと悔しい。

ジョイサウンドの章

きわめて順調にことが進んでいるというのに、いつもどおりの一人の夜はきちんと暗い気持ちになるのだから、我ながら自分の精神性の形状記憶ぶりに感心してしまう。

ある夜には、いつものように仕事がはかどらずネットサーフィンをしていたら、「私は〔なんらかのネガティブな性質〕でしたが、〔なんらかの自己改革〕をしたら結婚できました」などというエピソードをアドバイスとして他人に語っている記事をうっかり目にしてしまった。自分がいままで人生を変えるような恋愛だの結婚だのという経験を何も踏まえずに本当に三十七歳という重々しい年齢になってしまったことを反芻《はんすう》して、改めて絶望を感じる。

つまり、私は恋愛だとか結婚だとかに極めて大きな価値がある、しかも若いほどそれは成就しやすい、というあまりにも凡庸な観念を頭からこそげ落とせていない。

私はわずかな可能性を絵本のお姫さまのようにどこかでいまだに信じている。まだこの年齢なら、自分が何もしなくてもこの先何かあるかもしれない、などと愚直に思っている。

そして、年を取ることによって、当然それは薄く薄く削り取られていく。

客観的に見れば不愉快なほどに平凡な絶望だ。四十だろうが八十だろうが、恋愛や結婚をしていようがいまいが、輝かしい生き方をしている人はいくらでもいて、こんなことに縛られていること自体が時代遅れでくだらない。

ありふれた平凡な絶望とはつまり解決しようのない絶望だからありふれているのであり、考える作業は徒労でしかない。しかし、分かっていても徒労の穴からぬけられないのが一人の夜である。この穴をわざわざ掘っては嵌《は》まることが自傷的な快感になっている。

そしてこの潜考のすさびは、平凡な希望の完成形である「結婚」をする人たち全般に対する理不尽なルサンチマンに収斂《しゅうれん》していき、私なりの「結婚」を進めはじめたいまになってもまだ私はこの吹きだまりからまるで脱出できていないことにむしろどこかホッとしてしまう。

アキラのツイッターを読んでいても私同様の沈滞を酌み取れることはよくあった。あるときは、タッグを組んでいるエッセイ漫画の作画者・熊田プウ助さんと深夜に交わした電話の内容がまるで三十代の未婚のOL同士のようで、ここらをなんとかしない限り我々の人生はダメだ、ということをつぶやいている。またあるときは、「いま頃台北《タイペイ》では※プライドパレードかな？　前日にエクスタシーやコカインで飛んでたり肛門に覚せい剤キメてたり脱法ハーブでラリったりしながら乱交してたのに、ガチムチの人たちは偉いですね。大変でしょうけど、がんばってくださいね」と、いわゆる「シャイニーゲイ」に対する過激なルサンチマンを偽悪的に披瀝《ひれき》したりもする。こんなところでも残念ながら気が合うと言わざるをえない。

精神的な消耗の激しいこの不毛な運動を防ぐため、というのが私なりの「結婚」をする理由の一つなのだから、いまのところ私はこれでいい。自分のなかのうるささを振り切るために、私は先へ先へと行動だけを考えればいい。行動あるのみ。

私は夜中にこんなありふれた絶望に嵌まると、ここのところ、動物の交尾動画を見るようにしている。

動物の交尾はとてもよい。人間が性に乗っけるいろいろな要素が全部取り除かれた、シンプルな欲望とシンプルな性器だけが見える。浄化されるよう。オススメは、亀、バク、象、愛玩犬。

お気に入りの動物をワールドワイドに検索するための頻出英単語はすっかり頭に入ってしまった。交尾は mating、亀は turtle あるいは tortoise、バクは tapir。

※プライドパレード　性的マイノリティのパレード・イベント。台湾のプライドパレードはアジア最大級といわれる。

「こんにちはー先日は失礼いたしました。お詫びといってはなんですが、ご都合がよろしければ木曜日か金曜日のお昼前あたりに飯田橋サクラテラスで牡蠣フライでも食べませんか？」

花火の数日後、アキラからこんな陽気なLINEが来た。それとともに、花火パーティのときの楽しげな写真が何枚も。例のかわいい一眼レフで撮られたらしきものは、携帯の写真と違って私の顔にしっかりピントが合い、後ろが少しぼけていて、私の表情が嘘くさいほど爽やかに見える。

私は写真のお礼を言いつつランチのお誘いを二つ返事で承諾し、以前から話題に上がっていた牡蠣デートが順当に行われることになった。アキラが病院にかかる用で飯田橋に来たついでに、私が神楽坂の自宅から合流し、牡蠣フライ食べ放題ランチの店へ。

牡蠣フライは重いから、食べ放題と言われても実際にはそんなにたくさん食べられない。このあいだの花火の話やその場にいた友人知人の話などを多少はぎこちなさの取れた敬語で話しあい、ほどほどのところで食事はおしまいにして、そのあとはこれまた以前に話題にしていたカラオケへと流れることになった。

神楽坂の坂上にある、私がいままで何度も一人カラオケをしてきたジョイサウンド※。平日の昼間は当然ガラガラで、広めの部屋に案内された。相手が知っている歌かどうか気を遣うなんて事はなく、お互い勝手に好きな歌を歌う。

私：光と私（Chara）
アキラ：あの娘が眠ってる（フィッシュマンズ）
私：気分（フィッシュマンズ）
アキラ：フレンズ・アゲイン（フリッパーズ・ギター）
……

ひとが歌ってる時は別に手拍子するわけでも盛り上げるわけでもなく、かといってまったく聞いていないわけでもない。見た目のイメージよりもアキラのキーは高くて、確かにフィッシュマンズはちょうどいい具合にふわっと歌えるのだ。曲の趣味が九〇年代やゼロ年代のサブカル方面に寄りすぎだとか、そんな自己言及やツッコミもする必要がない。気楽である。

※ジョイサウンド　エクシングが運用する業務用通信カラオケ機種。二〇一〇年には機種名と同じ名称の直営カラオケチェーン店が誕生し、徐々に全国展開している。

その日は牡蠣フライとカラオケだけで別れたけれど、アキラは夜に曲名がリストアップされたレシートを無言でツイッター上に載せていた。カラオケ自体も楽しかったし、カラオケデートなんていう健全な高校生カップルのようなことを楽しんじゃってること自体がおもしろくなっているんでしょう。私もですよ。

こうして波長が合うことはほぼ確認済みになり、次の「デート先」をLINEで相談し合ったりするほど親密になったにもかかわらず、まだ私は同居に踏み切ることができないどころか、アキラの家に軽く泊まりに行くことすらできない。

それには、生来の私の腰の重さや悲観癖以上に大きな理由があった。アキラの家にはお風呂がないのである。正しく言えば、お風呂はあるにはあるけれど、完全に壊れている。

八百万円で買っただけあって、現状渡しの建物は不備だらけ。アキラは土木作業員や建設作業員としての豊富な経験で自力改装を試み、ずいぶんかわいく整えてはいたものの、お風呂だけは自力ではいかんともしがたく、放置されていた。本人はジムや銭湯やハッテン場のサウナなどでどうとでもなるようだけど、さすがに私は、毎日銭湯に通うのは厳しい。

アキラは相変わらず部屋を飾り付ける様子を日々ネット越しに中継している。花火に向けて改装を終わらせると言っていたのに、気分が乗ってきたようで、花火後もどんどんいろいろなものが揃っていく。間接照明をまた一つ衝動買いしたといってうきうき写真を上げ、蚊遣《かや》りにもなる天蓋《てんがい》を買い（しかし、寝てるあいだに顔面にビロビロが垂れ下がってきてうっとうしかったといって一日で取りはずし）、ダイソーで買ってきた紙のポンポンを使ってランプシェードを作り、ニトリで買った安物の机の人工木目が気に入らず、わざわざ全面にサンドペーパーをかけて塗り直し……重労働もはさみながら、せっせと作業に励んでいる。

これは別に私との生活のためでもなんでもなく、第一に自己満足のため、そして第二にできれば男を呼びたいという願望に基づくものである。間接照明に関しては、「私は蛍光灯の真っ白でギラギラに明るい照明が好きなので、完全にセックス目的」とツイッターでも言い切っている。

こんな愛らしい改装を全力でほどこして住んでいる家を、私との同居のために、買ってまだ数年で手放させるわけにもいかない。どうするか。

お互いの生活の状況はほとんど変わらないまま、例のイベントが近づいてきてしまった。

最初に「デート」をしたイベントスペース「パンディット」からデート当日に提案された、私たちの「結婚」などについて話すトークイベントである。トントン拍子で話が進み、十月末にやりましょう、ということになっていたのだ。

「パンディットさんから『宣伝文句を考えてくれ』と言われましたので、本当にこういうのは日本海に入水《じゅすい》したくなるほど苦手なのですが、作ってみましたのでチェックしてくらさい」

アキラから送られてきたLINEには、まったく訂正する箇所のない完璧な告知文章が添付されていた。

十月三十一日(月)

緊急決定！　能町みね子＋サムソン高橋「うわさのふたり」

とつぜんの「結婚に向けたおつきあいをはじめました」宣言によりツイッターのごく一部に動揺と衝撃を与えた噂のふたりが高円寺パンディットに登場！

真相はどうなのか、動機はなんだったのか、なれそめがここ高円寺パンディットというのは本当なのか、そしてその後につづいたスキャンダラスな写真の釈明会見、これからの展望……と、おそらくここでしか聞けない話がてんこ盛り！

……と、どう転ぶか分からないダイナマイトな前半トークにつづいて、後半は能町みね子がこの夏訪れたミャンマーのお話やサムソン高橋が三か月放浪した東南アジア旅報告をのんびりとする予定になっております。

パンディットの奥野さんの前のめりなお誘いをついノリノリで受けてしまったものの、話すことがあまりないのでは……と心配のあまり後半に旅行の話をぶちこむことにして、内容がずいぶんとふわふわしたイベントになった。「うわさの」と煽ってみてはいるものの、キス写真すらさほどリツイートされていないし、全然うわさにはなっていない。ちょうどよい自嘲《じちょう》である。

ところが、この文章がよかったのか、実はどこかで本当に「うわさ」になっていたのか、単にキャパシティが小さいのか、チケットはなんと一日でソールドアウトしてしまった。

イベント当日、やはり自分たちについての話題で二時間も保《も》たせるボリュームはなかったため、予定どおりに後半はお互いがそれぞれの旅行の写真を披露してお茶を濁すという一貫性のないイベントになってしまった。アキラはマレーシアやカンボジア、私はミャンマー。街並みやら看板やらタイルやら、スイーツやら猫やらをモニターに映して説明しながらそれぞれ旅行のみやげ話を語るというゆるゆるの内容である。

とはいえ、私にとって大事なのはやはり前半だった。「初デート」のとき同様、私は自分自身に対して何かお膳立てしないとなかなか物事を進められないタチである。ふだん一対一では言いづらいことをこの場の勢いを借りて話し、事を進めたい。イベントを引き受けたのはノリみたいなもんだけど、私にとってはこういう舞台装置作りが不可欠なのだ。

まずはお客様に向けて、私たちがどのように出会ったか、「結婚」について今日までどのように事を進めてきたかをひととおり説明して状況認識を共有してもらうことにした。なにより現時点で目玉となるトピックは、くしくも以前に一度ここに来た日、運命的な「プロポーズ」があった、という話。

ところが、私が満を持してその話に入っていくと、「冗談で言ったんだけどねえ、そこからあれよあれよと……」などとアキラは言ってきた。

「え、冗談だったの？」

「そりゃー冗談ですよ、そういう前提で会うっていう話だったから言ってみたのよ」

あまりにもあっさりと言うので、動揺してしまう。

「いやもちろん、『本気のプロポーズ』だと思っていたわけじゃないけど……、うーん、でも『結婚』に進みたいというのは本気だし……。えーそうか……冗談かぁ」

以前の「不意打ちプロポーズ」に妙な様式美を感じ、それを大きなターニングポイントに感じていた私としては、簡単に「冗談」で片づけられたのは案外ショックである。恋愛ではないと自ら何度も前置きしているというのにこう感じるということは、私はつくづく戯画化された恋愛ごっこが好きだということだ。

しかし、こうなるともしかしたら「冗談」のフィーリングや範囲がお互いだいぶ違うのかもしれないと思い、私はこの流れで核心に迫る質問をしてみた。

「じゃあ、私は本気で戸籍上も『結婚』するつもりだったけど、それはどうなんですか？」

「そうねえ……『結婚』はちょっと考えられないかなあ。だってもしも入院したときとか重病になったときとか、手つづきしたり介護したりって、申し訳ないでしょ。そこまでやらせるつもりになれないもん」

明らかな見解の相違！

口調からして「結婚」の話自体が根本からおふざけだったという感じではないけれど、私が思っていたのとは違う。人前で話さないとこうした問題にたどりつけないものなのだ。

「そうかあ……私は全然そういうのもする気だったけどなあ……」

少々とまどって口ごもっていると、アキラはまた予想外のことを言い出した。

「だいたいあなたね、別に私のこと興味なかったでしょ、ツイッターをフォローしてきたのも最近だし」

「いや、興味はあったよ！　でも、えっ、フォローしてなかったっけ？」

「してなかったわよ、いま見てみたら分かるって。フォローしたのここ数か月のことよ」

「あー……そっか、たまに見に行くだけだったんだっけ」

「そうよ。でも私はツイッターをはじめてすぐくらいに能町さんのことフォローしてるんだからね。最初会ったときは『あの能町みね子だ！』って感じだったんだから。一方的な、一途なファンですよ！」

　法的な結婚については全然乗り気じゃないのに、アキラの私への（ファンとしての）好意は思ったよりもかなり深いものだったと分かる。これもまた意外である。

　こうなったら価値観の違うところを徹底的に詰めておこうと思い、同居に向けての具体的な方策にも踏み込んでみた。

　私は少なくともアキラの家のお風呂を直さないことには住めないので、いずれ同居するにあたっては改装したい、と勝手に考えていた。そのことを提案してみると、彼としては改装のお金さえ出してくれるなら歓迎とのこと。それどころか、お金を稼いでもらえたら家事だってするわよ、専業主夫やるわよ、と言う。あっさりと利害関係が一致。同居にもかなり前向きであることが判明して、この件に関しては何の問題もなかった。同意があまりにあっけなく、これはこれでちょっと拍子抜けしてしまう。

割り切って事務的に「結婚」だけをしようと思っていた私でも、計画を進めるにつれて、自分自身のややこしい感情や、相手との考え方の違いを消化することにかなり苦心するわけだ。こんなたいへんなことを、大多数の人は恋愛どころか片思いといういちばん面倒臭いスタート地点から段階を踏んでやっているんですってよ。なんてことでしょう。両者の歩みが何から何まで一致するなんてことはなさそうだし、どちらかが異常なモチベーションでリーダーシップをとって進めないと、恋愛結婚という一大プロジェクトは完成しないのだろう。気が遠くなる。

ともあれ、「結婚」に相手が積極的ではないことについては当初の私の計画と違うものの、未来に向けての目標がだいぶ整理できてすっきりし、私にとってはいいイベントとなった。まだ半分以上敬語で接してくるアキラに、私をなるべく呼び捨てにしてくれるようにもお願いしておいた。多少は「夫婦」らしさを育てていかなければ。

イベント終了後、アキラは長年の私のファンだったことをしっかり打ち明けた勢いで、「そういえばまだもらってないから、サインくださいよ」と言ってきた。こういうときに客に売りつけるのよと言って、自身の著書である『世界一周ホモのたび』[※]シリーズを会場に持ってきていたので、そのなかの余ったものに書いてくれという。

割り切れない気持ちでサインを書きつけると、「光栄です〜」なんて言ってくる。「夫」に求められて「夫」の著書にサインを書きつける「妻」。何だこのちぐはぐさは。

※『世界一周ホモのたび』 世界中のハッテン場を旅するコミックエッセイシリーズ。全五冊。原作・サムソン高橋、漫画・熊田プウ助。

ポテトスナックの章

イベントの翌日、アキラからまた丁寧なLINEが来た。

「昨日はどうもお疲れ様でした！　観客としてはどうだったのかいまいちわかりませんが、個人的にはとても楽しいイベントでした。おひまがあったらまた遊びましょう、あるいはうちでパジャマパーティでも！　仕事で煮詰まったときでもデトックスしにきてください」

親密さは多少増したような気がするものの、まだちょっと距離がある感じ。いつまでも、いずれ来てくださいVS.いずれ行きます、の繰り返しでは事が運ばない。さすがにもう一人で家に行っても「まさか本気にするとは」なんて言われまい。過剰に慎重な私でも確信できてきた。最初の思いつきからけっこうかかったけれど、もう週一くらいのお試し同居をスタートさせてもよさそう。

お風呂の改装が行われない限りアキラ邸に行ったときは銭湯通いとなってしまうけれど、週一ならそれもよし。カップルで銭湯と言えば「神田川」、小さな石鹸カタカタ鳴らしてたまの銭湯に行くのも恋人プレイの大好きな私にはうってつけでしょう。勢いづいているいま、このままさっさとおつきあいモードになってしまおう。よし、今日行こう。

「今夜遊びに行こうかな～」

気楽な感じで返事をすると、「え、いいすよ！　てきとうに掃除しときます。石油ファンヒーターも出しとこうかな」と、向こうも軽い返事。

「銭湯何時までかな」

「二十三時半だったかしらん」

「仕事次第だけど、がんばる」

こんなやりとりのあと、私の仕事は二十一時前にどうにか終わり、ついに一人でアキラ邸へ行くことになった。心がまえのようなものももう要らない。地下鉄の駅を下りてシャッター商店街の四つ辻を左に曲がると古めかしい例の小ビルが現れ、玄関扉のすりガラスから明かりが漏れている。その明かりの右側には、天井までの突っ張り棒を使って作られた靴棚があり、大量のスニーカーが積み上がっているのが透けて見える。

「ようこそ～、どうぞどうぞ」

チャイムを押すとすぐにアキラが扉を開けてくれた。入ってすぐ左にあるキッチンで料理の最中だったらしい。キッチンと、使えないお風呂と、小さなトイレと、ビニール袋がやたら詰め込まれた棚のようなものと、いろんなものが乗っかったテーブルと。一階はぎゅうぎゅうでとっちらかっていて、お世辞にもきれいだとは言えない。しかしそんななかで彼は料理を何品も作っていて、これはお試し同居というよりお客さんをお迎えするスタンスだ。べつにかしこまらなくていいのに、とも思うけど、最初はこんなものか。

「二階でゆっくりしてて〜。三階に寝床もちゃんと用意したから」

二階のおこたは以前のままだけど、三階を見に行くと畳の部屋に間接照明が二つ、すでに灯されていた。しっかりしたベッドメイキングを柔らかい明かりが包んでいる。これはエロい。田舎のラブホテルみたい。私たちはこんなムーディーな部屋で寝るのか。

しかし、黒い厚めのマットレスの上に敷きぶとん、そしてふかふかの掛けぶとん、この寝具一式はどう見ても一人分である。ここが寝室だから私はてっきりここにふとんを二つ並べて寝るものだと思っていたんだが、どういうつもりなんだろう。まさか同じふとんで寝るつもりじゃないだろうな。

二階でこたつに足を入れ、ぼけっとテレビを見ながら待つ。石油ファンヒーターがチラチラした音を立てている。石油なんて、東京の一人暮らしでいちいち買って運ぶのは面倒だから避けそうなものだけど、アキラはそういうところはずいぶんとマメなのだな。

花火のときには人もいたからあまり部屋を観察しなかったけれど、本棚に並ぶ漫画本や

CDはチェックしてしまう。※岡崎京子、※南Q太はそりゃ持ってるよねえ。※ほしよりこは最近買ったのだな。ピチカートは当然たくさんあるよねえ。洋楽のCDはよく知らないものもたくさんある。そのうちにいい匂いがしてきて、中華スープ、豚肉と野菜の炒め物、ボウルに入ったままのサラダ、お茶などが続々と運ばれてきた。手伝ったほうがいいのかな、と思いつつも、階段はかなり狭くて慣れていないと運びづらそうだし、アタシがやるわ、いややらなくていいから、というおばちゃん同士の押し引き合戦のようになるのも面倒なので、「うわーすごい、豪勢～」と言うだけで私は座ったまま何もしない。

「いえいえ～、こんなお粗末なものですけどぉ」

二人のお皿が並べられ、なんてことのないテレビを見ながらの豊かな食事が始まった。

「お口に合うかしら。ダメだったらひっくり返して」

アキラの過剰な謙遜を受け流して、暖かい料理をつまみ、お茶を飲む。私は自分のためにこんなしっかりした料理を作ることは絶対にない。他人のためにだとしても、ない。それに、私は一人でテレビを見ているとき、自分のためにお茶すら淹れない。一人でいれば声も出さない。自宅はひたすらに乾いている。しかし、ここにはご飯とともに、ファンヒーターの独特の香りと、テレビの芸能人につっこんだりする本当にどうでもいい会話がある。これだ。これが同居だ。

食事が終わると、お皿やお椀を一階にまたわざわざ運んで洗わなきゃいけない。自分のぶんの食器は一応運んでみたものの、片づけはやっぱりおまかせになる。人の家のキッチンって使い勝手が分からないし、自分のテリトリーじゃない水回りはなんだか汚いような気がして、あまり使う気になれない。だから私はいままで、誰かとつきあったときもわがままを押し通してそうしてきたのだ。人の家で自主的に料理を作ったり、片づけたりすることなんかほとんどなかった。そして、そのわがままを変えるつもりもないくせに、そのことに引け目を感じてきた。私がこんなふうにしてたら男の人には嫌われるんじゃないか、という負い目を勝手に感じてきた。料理や洗いものに手を出したほうが「彼女」らしいとか、母性があるとか、そんな腐臭のする考えがずっとどこかにあった。今日はまったくそれを感じない。アタシがやるからテレビでも見てて、と言うアキラに丸投げして、申し訳なさなんかまるでない。

洗いものが終わったところで、歩いて五分の銭湯へ行く。来るときも通ったシャッター

※岡崎京子　漫画家。一九八三年、『漫画ブリッコ』誌でデビュー。一九九六年、交通事故に遭い、休筆中。主な作品に『リバーズ・エッジ』『ヘルター・スケルター』など。
※南Q太　漫画家。一九九二年、『YOUNG HIP』誌でデビュー。主な作品に『さよならみどりちゃん』『ゆらゆら』など。
※ほしよりこ　漫画家。インターネット上で連載していた『きょうの猫村さん』が話題となり、二〇〇五年、マガジンハウスより単行本が発売される。主な作品に『逢沢りく』など。

商店街は道幅が狭くて下町風、神田川風味はいやがうえにも高まる。そういう甘酸っぱい学生の恋愛フォークソングの世界じゃないんだ、もっと合理的な同居なんだけどね、と言い訳しつつも、こういう「ごっこ」が好きなんだからそこは甘受して楽しめばいいってこと。

で、場合によっちゃこれから一つのふとんに寝ることになるんだろうか。それは少々抵抗があるんですけど。

このくらいの時間に上がろう、と言った約束に合わせて私が女湯を出ると、アキラは案外のんびり入っていてまだ出てこない。カウンターで駄菓子の「ポテトスナック」※を買い、それをかじりながら脳内で神田川をリピートしていると、ホカホカのアキラが男湯ののれんの向こうから登場。仲よくいっしょに帰る。

「三階、すごいムーディーだよね」

「いいでしょう？　快適に寝れるといいけど」

「アキラもあそこで寝るわけ？」

なにげなさを装って聞くと、アキラは露骨に眉をひそめる。

「はっ？　いや、やめてやめてそんなの。嫌ですよ。二階のこたつで寝るよ。いっしょに寝るわけないでしょ」

「あ、そう」

まあよかった、けれど、私は同じ部屋で、旅館みたいにふとんを二つ敷いて老夫婦みたいに寝るのにちょっと憧れがあった。そうでないのは少々残念ではある。

「でも、こたつじゃ風邪引くんじゃないの？」

「ふだんあそこで寝落ちしてるから全然いいわよ」

「そっかぁ、なーんだ、同じ部屋で寝るのかと思ってたのに」

「イヤー、無理無理無理無理」

こういうところでも私たちは線引きが違ったらしい。


おかしなアキラ邸の建物は、洗面室がない代わりになぜか二階に手洗い場だけが唐突にあり、私たちはそこで歯を磨く。そして、二階と三階に分かれて就寝。

ムーディーな寝室でひとり柔らかいふとんに入りこむと、ほどなくして階下から大きめのいびきが聞こえてきた。ああきついわ、やっぱり同じ部屋に寝なくてよかった、と苦笑いすると同時に、なんだかこれは夫婦というより「家族」っぽいな、と先走りした満足感

※ポテトスナック　小麦粉とじゃがいもを揚げ、味を付けたせんべい状の駄菓子。二〇一三年に販売終了するも、翌年かとう製菓より三枚入り三十円で販売再開。

が沁み渡る。

思ったよりはドラマチックじゃなく、変化も淡々としてスローペースで、何もかもが思いどおりというわけではないけれど、「結婚」の計画はあまりにも順調に進みすぎ、怖いくらいだ。

お風呂はなるべく早く改装したいな。そうだ、機会があったら仕事を頼んでみたいと以前から思っていた建築家の友達に連絡してみようかな。古い物件をリフォームして住むというのはちょっとした夢だったから、もっと過ごしやすいように大々的に改装してみるのもいいかもしれないな……あれこれと考えながら、私はふだんよりだいぶ早い時間に眠りについた。

フレッシュネスの章

振り返れば私はインターネット黎明期《れいめいき》の前世紀末から、ネットを介して人と出会うことにさほど抵抗がなかった。

大学入学直後に初めてインターネットを楽しめるようになってほどなく、私は乱立していたさまざまなBBS※（掲示板）に出入りして、そこで興味を持った人に会うという楽しみを見いだしていた。

ネットを通じて人に会うというと、いわゆる「出会い系」で恋愛やセックスが目あてであったり、いまでも少しいかがわしいイメージがあるけれど、私の場合は当時ストレートに「性」そのものに興味があったのだ。

まだ二十歳にもならず、私自身の性的指向もよく判別がつかない頃。自らのセクシャリティやフェティシズムと折り合いをつけ、堂々と生活しているように見える人に私はとても惹かれていた。各種BBSで展開されているそんな人たちのコミュニティで交わされる会話を読みまくり、そのうち読むだけにはとどまらず書き込んで参加もしてみるようになると、実際に会話の相手に会ってもう少し深い話を聞いてみたくなった。

行きつけのスナックで顔を覚えられるかのように何か所かのＢＢＳで馴染みとなって、常連同士で文字での会話を重ねていくうち、私が最初に興味を持って会いたいと思ったのは、あるＢＢＳの主である美術講師を名乗る人だった。

その人は、図体が大きくてお世辞にも女性には見えず、声もしゃべり方も完全に男性のままであるにもかかわらず、ふだんから女装をして堂々と過ごしていて、そのうえスカトロマニアであることすら隠していないという、なかなか強烈な個性を持つ人。

大久保駅近くの喫茶店で待ち合わせ、柔らかい笑顔を見せるその人にケーキをおごってもらいながら、私の失礼な質問や性の悩みについて親身に聞いてもらい、特に危ないことが起こるわけでもなくその日の冒険は終わった。帰り道、私は悩みを語れたことよりも、なにより「ネットを介するとこんなとんでもない人にも会うことができる」ということに、世界が爆発的に広がったような興奮を覚えていた。

味を占めた私は、その後もネットを徘徊してさまざまな人にアクセスし、時には一対一で、時にはグループで、恋愛や性的な関係一切なしに純粋な興味でいろいろな人に会ってみた。

性に奔放すぎるほどに奔放なゲイの人。

すでに女性への性転換を済ませている人。

女性になりたいといってふだんからロリータファッションを着ている年配の人。

女性から男性になろうとしている比較的若い人。

ＯＬとして働いている真性半陰陽《はんいんよう》※の人。

野外で性器を露出しないと興奮できないが、犯罪になることとの狭間で悩む人。

小児性愛の人。

興味の赴くままにお昼にそんな人たちに会って、酒も飲まずただお茶をして話をする。

そんなことを、仕事でもないのにまるでライフワークのようにつづける大学生の私。

さまざまな指向・嗜好の人と話しながらズケズケ質問をしていくと、時にはこちらのデリカシーのなさをたしなめられたりもするけれど、性に関する偏見や思い込みはすさまじい勢いでかき回され平たくなっていく。これがたまらなく心地いい。不特定多数の人が出入りするＢＢＳから関係性が始まっているので、人目のあるところである程度やりとりしてから出会うことになり、安全性もそれなりに担保されている。

※ＢＢＳ（掲示板）　Bulletin Board System（電子掲示板）の略称。投稿された話題（トピック）に対し、不特定多数が返信（レス）できる。ＳＮＳが発展する以前、不特定多数の人物がネット上で交流する場といえばＢＢＳだった。
※真性半陰陽　卵巣と精巣の両方、もしくは卵巣と精巣が混じった卵精巣を有して生まれてくる性分化疾患。現状では、幼いうちに育てていく性別を決めてしまい、性器の外科的手術を行うことが多い。

こうして私は、インターネットを介して人に会うことは、こちらが常識程度の警戒心を持っていさえすればなんら危ないことではないという確信を得ていった。

ところで、私が一方的に興味を持って会ってみたいと思ったところで、先方だって私に会ってみるだけのメリットがなければ面会は成立しない。そのために、どうするか。

これについては、私は多少の勝算があった。

私が出入りしていたのは、たいてい性に関する何らかの特殊性や悩みを抱えた人が集まる場。そこに参加するためには、私自身もセクシャリティを開示しなきゃいけない。そのとき、私は自分をごくわずかに脚色してアピールしていた。

まず、現状は男性として暮らしており、女性になろうかどうしようかという悩みを抱えていることは正直に書く。しかし、その悩みぶりは実際よりもだいぶ深刻そうに表現し、そのうえで、いま十九歳であること（参加者はたいがい二十代後半から三十代で私は飛び抜けて若かった）、すでに外見はほぼ女性であるということ（そう言いながらも顔写真は出さない）をなにげなく強調。さらにどことなく奥ゆかしくアンニュイな態度を見せれば、勝手に読み手はそうとうな美人を想像してくれる。

チョロいもので、これだけで会ってみたいと思わせるに十分すぎるほどの引きになっていた、はず。先方も、悩みの度合いはそれぞれとはいえ、人には言いづらいことを抱えており、もともと誰かに話したい気持ちがある。どうせ会って話すなら、若くてきれいな人と会ってみたいはずだよね。いざ会ってしまえば、向こうがどう思おうが知ったこっちゃないし。

こうして「性」について会話だけで探究する時期を経て、社会人になった頃には、なんとなく自分のセクシャリティの外形がうっすら見えてきた。すなわち、やっぱり女性になろう、ということ。

しかし、知らない人に会って新鮮な話を聞く作業に一段落つけ、いよいよ女性になる実践段階に移ろうと決意してからも、私は似たようなBBSなどを徘徊することをやめなかった。現実世界ではセクシャリティに関する固い決意をまだ堂々披瀝できるわけでもない。社会的には男性として暮らしていたので、愚痴やら悩みやらをこぼす場所が必要だったのだ。

SNSというものが登場するほんの数年前に見つけたあるマイナーなサイトは、ちょうどSNSとBBSの中間くらいの立ち位置。会員登録をして自分のフィールドを構え、そこに日記のような駄文を書いて待つともなく待っていると、偶然訪れた会員の人とゆるやかな会話ができるという仕組みだった。セクシャリティもマイノリティもそもそも関係なく、いわゆる出会い系のために作られたサイトでもなく、同じ趣味の人たちが集まって会話したり、真夜中にただざみしさを紛らわせたりするという使い方がメインのサイトだったと思う。

私はそこに登録し、ハンドルネーム「曇り」としてサイトのメンバーとなった。名前の由来は、登録したときに外が曇っていたから。そして気持ちも曇っていたから。もちろんこんな安直なアンニュイさも、ネット上で人を引きつけるためという打算がある。そこでも私は相変わらず、セクシャリティを開示し、若さや見た目の雰囲気などは匂わせつつも顔写真は一切見せず、たいがいぐちぐちと悩みや後ろ向きなことを書き綴り、時には個人情報がバレない程度のささやかな日常をつぶやいていた。言葉遣いはいかにも当時の二十代らしく、ある程度サバサバしつつも奥底にぶりっ子っぽい粘っこさや根暗さを滲ませたもの。もう少しタイミングが遅かったらメンヘラなんて言われそうな態度である。こういうふうにやや病んだ感じの文章で人を引きつける技術は、大学時代にＢＢＳで経験的に学んだのだ。

こんな雰囲気の悩める若い子のところに集まってくる男の人たちは、ただただ優しい。性転換をして女になろうとしているという特殊でデリケートなゾーンはきちんと気にしつつ、女として扱ってくれる。おだてられたり慰められたりしているうちに、私は少しずついい気になっていった。ちょうどいい距離感で見ず知らずの男たちがよってたかって言葉で癒やしてくれるぬるま湯にすっかり浸かり、私は日記での擬態がどんどんうまくなっていく。

たまーにお菓子を作る。雨の日とか、ひまでひまでしょーがないときとか。こないだはシフォンケーキを作ったけど、意外とうまくできたなあ。でもレシピにあったお酒の入ったヤツはちょっと苦手だから工夫のないプレーンヽ(#・∀・)ノ 酒は呑むくせにNe!!!

久しぶりに元バイト先のフレッシュネス行った、なつかし。フレッシュネスはパテイをちゃんと鉄板で焼いてるんですよ。みなさんお越しくださいNe(☆。☆)ノノ

※フレッシュネス　フレッシュネスバーガーの略。一九九二年創業のハンバーガーチェーン。オーダー後の調理、ウッド調の家具を中心としたインテリアなど、従来のハンバーガーチェーンのイメージを一新。まだチェーン店の少ない頃は、アルバイトの女の子が他のハンバーガー店よりもひときわかわいくてオシャレな印象があった。

まーた夜中になってしまった。昨日中古でコーネリアス※買ったらへビーリピート。ほんとは世代なくせに、田舎もんだから知ったのが遅かったー。いいかげん2時には寝るようにしたい…(=TωT)今後どうしようかなーとか、ぼんやり考える。こないだ新宿でナンパされて変に外見に自信持ってしもたw　このままでもイケんじゃね?とか思うw

シフォンケーキなど作ってないし酒も本当はそんなに飲まない。フレッシュネスバーガーのバイトにはかわいい子が多いので、その雰囲気も拝借した。ナンパというのも、実際には一応まだ男性として生活していながら、街なかで道を聞かれたときにおそらく女性だと思われていて、うれしかったという程度の話である。

知性は見せつつも油断も見せて尻軽さを演出し、固有名詞を入れることで「この子はリアルに存在する」という実感を持たせ、率直にさみしさを表明してはいないのにどことなく構ってあげたい欲を刺激する、駅のホームにへばりつくガムのごとき粘着性を兼ね備えた文体。

ごく小さなコミュニティのなかで、私はどんどんかわいこぶることが楽しくなっていた。私をネット上で構ってくれる男性は増え、だんだん自分がアイドル化していくのが分かる。

私のフィールドに毎日のようにコメントを残していく人たちのなかでも、どうやら東京に住んでいるらしい「ルカ」と名乗る男性が少し気になってきた。

といっても、別に好きになったわけでもなんでもない。彼が私のことをかなり気にかけているようだからおもしろくなってきた、というだけ。


おはよう。曇りさんが作ったケーキ、食べてみたいなあ。僕も料理はするけど、とても人には食べさせられない(^_^;

おはよう。僕は音楽には詳しくないから、曇りさんが言うミュージシャンがいつもわからないw　音楽をやることには興味はない？

※コーネリアス　小山田圭吾のソロユニット名。フリッパーズ・ギター解散後の一九九三年、活動開始。

「ルカ」は私が書いている内容を丁寧に拾ってくれはするものの、あまりに当たり障りのないコメントばかりで、率直に言っておもしろみはまったくない。だいたい「ルカ」というハンドルネームからしてセンスを疑ってしまう。それでも、毎日のように何かしら書いてくれる、そして、一言二言ではなくそれなりの長さの文章を残してくれて会話が成立する、という二点だけで、コメントをしてくる男たちのなかでも印象は頭一つ抜けていた。

リキッドルームの章

じゃあもう、さっさとこの人とつきあってみよう。

と、非常に短絡的にそう思ったのは、「ルカ」とネット上でやりとりしている裏で、現実の私が真っ黒い執念を燃やしていたから。

憧れさえ抱いていた女友達から発せられた一言が毎日脳内のすきまを動き回っていたから。

その発言の瞬間だけが、切り落とされた生首のようにいまだに頭のなかのがらんどうの部屋に転がってる。

堀内は確かに、「私はやっぱり子供を産まないと、女じゃないと思ってるから」と言ったのです。

そのとき、私たちは西武新宿線の野方《のがた》駅から徒歩四分くらいの、おもしろみのない住宅街にある築年の浅いアパートの一階にいた。部屋はこざっぱりと整って生活感に欠け、私はソファーに腰かけていて、彼女は床にぺたっと座っていたように思う。確か、外の空が白みかけた早朝のことだった。

　大学のサークルで出会った堀内結子のことを私はぶっきらぼうに名字で呼び捨てにし、堀内は私のことを「お前」などと呼んでいて、私たちはそのくらいの仲だった。しかし堀内は特に荒っぽい性格の女の子というわけではなく、友人内では断然服や髪に気を遣っていてオシャレにしているほうで、その気の遣いかげんも私好み。友人のなかでは唯一と言っていいほど音楽や漫画の趣味が合い、私に※ポリシックスやらフィッシュマンズやらCDを大量に貸してくれ、岡崎京子やら※魚喃《ななん》キリコを貸してくれ、後にいわゆるサブカルと呼ばれるようなジャンルに足を突っ込みかけていた私をしっかりそちら側に染めてくれた人であった。二人だけで遊ぶこともあるほどで、ライブハウスに行ったことすらなかった私を新宿歌舞伎町の恐ろしい（と思っていた）※リキッドルームに誘ってくれ、尻込みする私を中野や高円寺や下北沢の雑貨屋や古着屋にぶちこんでくれた人であった。

　私が性別を変えたいという気持ちを彼女に打ち明けたのもかなり早い段階のことだった。堀内は私の意志をとりたてて肯定するでも否定するでもなく、ただ淡々と聞いてくれた。

　横浜の実家に住んでいた堀内は、社会人になるにあたって野方のワンルームのアパートを借りることになった。その日は確か、その引っ越し祝いで押しかけたのだ。そうだ。それで、いっしょに行った男女数人の友達が酔いと睡魔に負けてバタバタと寝転がるなか、私たちはなんとなく明け方までだらだらと起きつづけ、二人で話していたのだ。そういう状況だ。

堀内がその発言をしたのは、別に私の性にまつわる話なんぞをしているときじゃなかった。堀内が自分の話をしているときだ。

夜中じゅう起きている日特有の一種おかしな興奮状態で、もう酔いもだいぶ冷めているはずなのに、堀内は妙に深刻なトーンになっていた。ちゃんと結婚したいし、いずれは子供が欲しい、という話をしながら「私はやっぱり子供を産まないと、女じゃないと思ってるから……」と、自分自身に焼《や》き鏝《ごて》でも押しあてるように言ったのだ。

あーそうなんだ、とかなんとか、おそらく返事にもならない返事をして、私は特に反論もしなかった。

だからそれは、私を責める言葉でも、当てつけでもないと分かっていた。「迷わずに子供を産みたい。他人はともかく自分はそう思っている」という意味での発言に決まってい

※ポリシックス　全員揃いのツナギとバイザーを着用したニューウェーブバンド。一九九七年結成。
※魚喃キリコ　漫画家。一九九三年、『ガロ』誌でデビュー。主な作品に『blue』『南瓜とマヨネーズ』など。
※リキッドルーム　オールナイト営業可能なライブハウスとして、一九九四年、ヒューマックスパビリオン新宿歌舞伎町七階にオープン。開場前に七階まで続く狭い階段に並ぶのが一種の名物でもあった。二〇〇四年、新宿での営業を終了し、恵比寿に移転。

る。

しかし、その言葉は、私にどす黒い復讐心を燃やさせるに十分なものであった。

映画や本や音楽なんか私よりもはるかにたくさん知っていて、新卒でしっかり就職して、オシャレで……そんな彼女がそう言ってしまう世の中なのだ。これが世間だ。彼女が世間に化けて私に迫ってきた。

何も私は世間に喧嘩を売りたいなんて思っちゃいない、むしろ迎合できるならしたいくらい。恋愛して結婚して子供を産んで、何の迷いもなくそうできたらどれだけ楽か。いちいち悩むの面倒くさい、楽できるものなら楽したい、迎合しようがないから悩むより仕方がないだけ。なのに、目の前の、ちょっとした憧れだった女の子が目も鼻もないのっぺりとした世間という形になり、「子供を産まないと女ではない」という呪文を発した早朝だ。

そのときに私は、自分もさっさと男と恋愛をしなきゃダメだ、と思った。

それが私なりの世間へのおもねり方だと思ったのです。さっさと平凡な恋愛を済ませ、できることなら早めに結婚して、世間の代表格のこんなやつを出し抜き、世間に埋もれてしまいたい。かっていろんなセクシャリティの人に積極的に会っていたときは恋愛に発展することなど考えてもいなかったけれど、あの方法論で行けば、恋愛なんてたやすいんじゃないか。

「ルカ」は毎日まったくおもしろみのない言葉ながら、何か必ず話しかけてくれ、それでいて会いたいとか、顔を見てみたいとか、そういったことは決して言ってこなかった。おそらく実際に会ってみてもまず危険のない人物だろう、という確信が少しずつ固まってくる。

といってもこのサイトは衆人環視の状況にあるので、ここで露骨に「会おう」なんて約束するのはこの場のバランスを欠いてしまう。私はアイドルでいなきゃいけないのです。うまくやらないと。

私はメールアドレスを公開することにした。わざわざホットメール※の新アドレスを取って、プロフィールページにポロリと載せてみた。

※ホットメール　一九九七年よりMSNが提供していたフリーメールサービス。二〇〇五年頃には世界最大級の市場占有率であった。二〇一三年、後継のOutlook.comスタートに伴いサービス終了するが、現在も@hotmail.comのメールアドレスは使用できる。

今日は雨のなか歩きまわってつかれたー。今日も発泡酒や発泡酒やー。
さっき酒のいきおいで気まぐれにフリーアド取ってしまった！
プロフ欄に載せたから興味あったら直接話したい人はなんでも送ってきていいよー
(=゜ω゜)ノ

酒なんか一滴も飲んでいない状態で、誤字の一つもなく丹念にこんなことを書きつける。それから数時間でもう、何通かメールが来た。しかし、さすがにメールアドレスを公開した直後に喜び勇んでメールを送ってくる猛者は、ちょっとコミュニケーションをご勘弁願いたいような輩《やから》ばかりである。

いつも読んでるよっ！　よかったら返事くださいな☆☆☆

たった一行でなんの自己紹介もなく、こちらが返事を返したくなるような要素をわざわざすべてぬぐいさったかのようなメール。

曇りちゃんはじめまして。俺は埼玉に住んでる大学生です。あそこでは修羅って名乗ってます。まだ曇りちゃんには話しかけたことなかったけど、メールアドレスがあったので、勇気出してメールしてみました。俺、マジでモテるんだけど、好きな女じゃないとやれないって思ってるので、童貞なんです。あっ、たぶんいま笑ったと思うけど、これはギャグじゃなくて本当にマジだから。チビだけど運動神経は悪くなくて、中学生の時からよく告白されてました。中学でいちばんかわいいって言われてた女子からマジで好かれてたっぽい時もあります。似てる芸能人で言うと、……

途中で読むのをやめたくなる長文メール。

サイトにアドレスを載せてから二日、「ルカ」からのメールは来ない。相変わらず彼はサイト上だけで丁寧な返信をしてくれる。

そう、それでいい。あの書き込みだけで鼻息荒くメールを送ってくるような人では困るんだよ。二日で来た何通かのおかしなメールは結局すべて無視し、今度はちょっと暗い日記を投下。

友達はいないわけじゃない。
親友…も、たぶん、いると思う。
私が悩みを相談すれば、きっとマジメに聞いてくれる人が何人かいる。
でも、そういう人にも言えないことって、あるよね。
そういうきぶん。
今日は、それだけ。

まるっきり嘘をつくわけじゃないのがポイントだ、と自分で思いながら撒《ま》き餌《え》を書きつける。

書きながら、本当にもやもやした気持ちになってくる。こういうことを書くと、いままでどおりにこのサイト上で会話してくる人も心配していろいろありがたいお言葉をくれるので、その対処も若干面倒くさい。

——「ルカ」は、まんまと釣れた。

ここ二日のもの以上にどうしようもない数通の新着メールにまぎれて、彼からのメールがあった。アドレスのアットマークの前はrukaではなく、m-aiso。本名だろうか。

曇りさん、こんばんは。
はじめまして、じゃ、ないかな。ルカです。
なんかメールって緊張するね(^_^;)
親友でも相談できないことって、あるよね。うん。
もし、あのページ上でも書きにくいことがあったら、僕でよかったら聞くからね。
気が向いたら、お返事待ってます。
もちろんあのページで返事をくれてもいいからね。

来た、ついに来た。
この人、たぶん押せば簡単につきあえる。
私ははやる気持ちを抑えて、数時間経ってからメールを返した。現時点でこの人に悩みを相談する気は、まったくない。会ったこともないし、好きも嫌いもない。ただ、さっさと会って彼氏になってほしいだけ。恋愛という形をいちはやく取ってみたいだけ。

ルカさんこんにちはー。メールありがとう。
別に悩みってても、内容はないんだけどねw
ただなんか暗い気分になったときとか、いつもの友達とかじゃなくて、
誰かに会って話したいなーって思うときもあって。
ルカさんってどこに住んでるの?

自分から会いたいとは言わない寸止め。ただもう、ここまで書けば実際に会うと決まったも同然です。

「ルカ」は大井町に住んでいた。全然縁のない、行ったこともない場所。その新鮮さがまたとてもよかった。

私が「ルカ」と実際に会うまで、メールアドレスを公開してから一週間も経っていなかった。

エクセシオールの章

梅雨どきでじっとりと暑いけれど雨は降っていない土曜日。私たちは大井町駅で待ち合わせることになったのだ。

私が住んでいる牛込《うしごめ》界隈で会うという選択肢はない。万が一その場の流れで家に来るなどということになっては困る。

おつきあいをするつもりでいるとはいえ、私の家にいきなり呼ぶほど心を許す気はない。仮につきあった後でも、当面呼ぶつもりはない。そもそも、私は誰であっても極力他人を家に呼びたくない。

整理できていなくて部屋のなかが汚いのを見られたくないとか、下に住んでいる大家さんにうっかり目撃されて何か言われたら嫌だとか、そういう理由もあるけれど、なにより私は牛込に建つ築四十年近いこの古物件を気に入りすぎていて、誰かを部屋に上げること自体「侵入」だと感じて不愉快になってしまうのだ。もしその人が建物のボロさについてからかいでもしようものなら、冗談だとしても腹が立ってしまう。

ということで、大井町。私にも私の友人にもまったく縁がないから、知り合いに会う可能性も皆無です。

大井町という場所については、名前以外何も知らなかった。

上京直後、私は二十三区外の調布市内に住んでいて、行き慣れた街といえば京王線で行ける下北沢、渋谷、新宿あたりがせいいっぱい。たまに吉祥寺《きちじょうじ》まで自転車を飛ばして行く程度。

その後、牛込界隈に引っ越してからも、買いものに行くのは大学時代に行っていたのと似たような街ばかり。東西線が乗り入れる中央線沿いの中野や高円寺に行くことがちょっと多くなったという程度です。私が知ってるのは東京の西側。東京の南側を歩いたことはほとんどない。

大井町の駅は思ったよりも大きく、ホームから階段をのぼると大きな駅ビル「アトレ」[※]があり、にぎわっていて驚いた。駅の東側には丸井もあるし、西には八階建てのイトーヨーカドー、それに阪急まである。思ったよりもはるかに発展していて、一大都市だ。二十三区内なのに、まったく知らない地方都市に来たような感じ。

私はふだんとさほど変わらない格好。髪の毛は女の子でいうならショートカットで、まだ一応バイト先では男性として暮らしていることもあってほとんど化粧らしい化粧はしておらず、ユニセックスな細身のグレーのパンツに、大きめの襟がサテン地になった、古着屋で買った紺色のシャツ。ホルモン治療によって胸がふくらんできたので、下着はすでに女性物を着用していた。この格好をしていればまず男性だと思われることはない。いつも使っていた※トランスコンチネンツのクリーム色のメッセンジャーバッグを提げ、改札の向かい側に突っ立って「ルカ」を待つ。

待ち合わせの午後二時よりも二十分も前に着いてしまった。緊張で口内に唾液がじるじるとうごめきはじめる。ネットを介して誰かに会うのはいつも緊張するものだけれど、今回の場合はまた特別です。最初からつきあうつもりなんだから。

メールのやりとりで確かめた「ルカ」のプロフィールは、三十三歳（そのときの私より九歳年上）、大井町から徒歩数分のマンションに一人暮らしで、仕事は塾講師のアルバイト。今回会ってみるにあたり目的はお互い特に明示しておらず、「お茶でもしませんか」という程度である。それ以外、何も決めていない。

※アトレ　JR東日本が首都圏で開発・運営する駅ビル、駅ナカ商業施設。アトレ大井町は一九九三年オープンの六階建て。
※トランスコンチネンツ　一九九〇年、セレクトショップの先駆けとして、ヨウジヤマモト社と東急グループによりスタート。地球と飛行機のイラスト、ロゴの入ったメッセンジャーバッグが大流行した。二〇一〇年、ブランド休止。二〇一四年、はるやま商事により再スタート。

目印はあらかじめ伝え合っておいたお互いのバッグ。彼のバッグは黒い肩掛けかばんだと聞いている。

長々と時間を持て余しながら東西の入り口をきょろきょろ見ていると、しばらくして、東側のペデストリアンデッキから歩いてくる人と目が合ったように思えた。

その人は初めやや不安げな顔をしながらずんずん私に向かって近づいてきて、近づくとともに、服装がややくたびれた白シャツとベージュ色のパンツ、黒い肩掛けかばんであることが分かってくる。

完全に顔を視認できる距離になって、表情や顔つきよりも彼の額が汗だか脂だかでてらてら光っていることに目が行った瞬間、彼の口が開いてそこから何の意外性もない言葉が飛び出した。

「あー、あの、どうも、こんにちは。『曇り』さんですか?」

第一声ではためらいつつも、息をやや切らせながら妙に高く抑揚のある声で話しかけてきたその人は、三十三歳というにはだいぶ年上に見えた。背は私より明らかに低く、太っているとまでは言えないけれどむっちりとしていて、せり出した広い額の上にある縮れた髪の間からだいぶ頭皮が見える。人の良さそうな四角い顔。

「あ……、はい、曇り、です。『ルカ』さんですか」

「そうです、はい、はい」

本当に三十三歳なのか。サバを読んでいるとなると、ほかにもいろいろ偽っている可能性だってあるけれど、大丈夫か。

彼の素性が疑わしいと一瞬思ってしまったうえ、このあとどうするかを私は何も決めていない。この街のことも知らないし、もともとすべて任せようと思っていたのだ。数秒動けず、次の言葉を継げずにいると、「ルカ」は、ま、ま、じゃあ、などと間投詞をやたら挟みながら、とりあえず喫茶店でも行きましょう、と言い、アトレの上階にあるエクセシオールカフェに連れだって行くことになった。※

オレンジ色を基調としたやたら広いエクセシオールで彼は窓際の席を選び、やー、よいしょ、とか言いながら腰かけた。改めて彼の容姿をしっかり確認してみようと思うけれど、なめ回すように見るのも失礼だから視線が泳いでしまう。

「ルカ」は自らすんなりと素性を細かく語ってくれた。昭和四十四年生まれの三十三歳、実家は小田原のほう。慶應の文学部から大学院に進み、日本史を専攻。しかし大学院に在

※エクセシオール　ドトールコーヒーが運営するカフェチェーン。同じくドトールコーヒーが運営する「エクセルシオール」とは別。エクセシオールはオレンジ色を基調としており、コンセプトは「パリの街角のおしゃれなカフェ」となっていた。二〇一九年現在、エクセシオールは全店舗が閉店しており、存在しない。

籍中、体を壊して故郷の大きな病院に長いこと入院、その後、実家に少し戻っており、迷ったすえ結局大学院は中退。大井町のマンションは借りたままだったため、体調が快復してから再上京、アルバイトを見つけていまに至るとのこと。本名は相磯《あいそ》充倫《みつのり》という。姓も名も難解。

「相手の相に、磯って書いて『あいそ』って読むんですよ、『い』が一つないんです」

そう言って、わざわざパンパンの折りたたみ財布を取り出し、免許証や学生証を引っぱり出して見せてくれた。アドレスのm-aisoはやはり本名そのものだった。

テーブルに各種身分証明を並べられ、会って数分でいきなりこんなものまで見せなくても……と私が少々面食らっていたら、彼はそれを察したのか「いや、ま、こういう出会いって怪しいから警戒しちゃいますよね、ちゃんと身分とか明かした方がいいかと思って」と額に汗をかきながら早口で説明してくる。

さすがにこんなものまで丁寧に偽造して誰かに会うとまでは考えられないし、三田《みた》キャンパスに通っていたのなら大井町在住なのは納得。さっきは年齢から素性まで疑ってしまったけれど、単に老け顔だというだけで、嘘はついていないのだろうと私は判断した。なぜ「ルカ」という名前を名乗ったのかを聞くと、なにやらファンタジー小説に出てきた人物が好きだったからだとかなんとか言っていたけれど、よく分からない固有名詞がたくさん出てきて興味がなかったので覚えられなかった。

それにしても、かつて「性を探究」するために人と会っていたときは、会っていきなり本当に女に見えますねとか、きれいですねとか、容姿について過剰に言われていたものだけど、今回はそういう言葉は特にない。そのせいでむしろ初めからちゃんと女として見てもらえていることを感じる。

相磯さん（本名を聞いて、早々に「ルカさん」と呼ぶのはやめてしまった）がこれだけさらけ出してくれたので、私もそれなりに自分の素性を語った。さすがに免許証までは見せなかったけれど、私をだましたり、何かいかがわしいことに誘ったりする目的ではなさそうだし、一応私はつきあうつもりでここに来たんだから、距離はなるべく早めに詰めたほうがいいはず。

しかし……、改めて目の前にいる、汗に湿った相磯さんの頭部から胸部までを眺めながら思う。

この人と、つきあうのか。いくら「とりあえず誰かとつきあう」が目標とはいえ、これでいいのか。

話していて不快な印象は少なくとも、ない。それなのに、私はなぜこんなにためらっているのか。容姿か。

容姿だった。

まさか自分が、ネットのなかから抜け出して実際の人間の男性とおつきあいしたりセックスしたりする目的で会ってみて、容姿でこんなにも抵抗を感じるとは思わなかった。イケメンが好きだとか、ジャニーズ系がかっこいいとか、世間で言われるような典型的な好みにはまったく共感したことはなかったというのに、自分より背が小さいこととか、実年齢よりだいぶ上に見えることとか——いやそれ以前に、実際におつきあいをするという前提で見てみると、男性という生きものの首から上の毛の生え方だとか、毛穴から脂や何かがにじみ出ていることによって光る肌とか、細部の生々しさがそれぞれ鈍く主張して迫ってくる。こういった要素に私がこんなに抵抗を感じるとは思わなかった。

しかし、これはいわば通過儀礼にちがいない。

上京する前の十代の頃、私は「洋楽が好きな人」になりたくて、雑誌の新譜レビューを立ち読みしていかにも私が好きになりそうなミュージシャンを見つけ、試聴もせずにそのCDを買ってみたことがあった。しかし、期待して家で聴いてみても最初はまったくピンと来ず、英語だから歌詞の意味も分からない。全然好みではない。しかし私は、これが好きなはずなんだ、絶対にこれを好きになるはずだ、と繰り返し繰り返しそのCDを聴きつづけた。そして、それはいまでは大好きなアルバムとなっている。

こういうこともあるのだ。だから、私はこの男の人のことも好きになるはず。つきあうために、好きにならなきゃいけない。これは義務です。

とはいえ、喫茶店で互いに自分の話をしていてもやはり間がもたない。共通の話題がほとんどないので、私は少し落ちつかなくなってきた。

こうして会うことになったのは、私が何かにもやもやと悩んでいて話し相手がほしいというのが名目上の理由だったけれど、現時点でこの人に何か打ち明けたいような秘密などあるわけがない。相磯さんもやや話題に困っている様子。高い声でやや早口で話す彼は話がうまいとはとても言えず、サービスのつもりか時々冗談のようなものを挟み込んでくるのが逆に笑えなくて反応に困るし、会話のリズムがどうにも合わない。

私は、じれてしまった。

「家とか、行ってもいいですか？」

ヤングマガジン の章

「え⁉　あぁ、いいよ、いいですよ」

驚きの「え」と、承諾の「あぁ」までの間は思ったよりも短かった。

えっ……、いいんだ。

いくらなんでも急すぎる提案だから、もう少し驚くとか動揺するとか、あるいは難色を示す可能性も高いと思ってた。いきなりのお家訪問に、意外にもあっさりOK。私のほうがあわてててしまう。

しかし、言い出したのは私なんだから、もちろんこちらも当然のような顔をしていなきゃいけない。大胆な女、ということにしておいていただきますよ。

エクセシオールを出て、外はまだ日が傾いてもいない昼間である。こんな明るい時間に私は初めて会った男の人の家に行くのだ。

ペデストリアンデッキを歩いて、京浜《けいひん》東北線の線路沿いに駅の北側へ。線路をまたいで東西を結ぶにぎやかな通りを渡ると、道は車が通れないほどに極端に狭くなる。この道の左側は崖となって落ち窪んでいて、眼下には大河のようにたくさんの線路が走っており眺めがよい。右側には小さな飲み屋がぎゅうぎゅうに並んでいる。

「大井町ってけっこう下町というか、こんな味のある街だったんですね」

ずっと話題に困っていたけれど、こんな景色を見たら私の路地散歩好きの血が騒いで、つい自然な言葉が口をついて出てきた。しかし、相磯さんはあまりそれには応えない。

「ん？　ま、そうですかね。いやあしかし部屋が片づいてないからなあ。いや、どうしようかな。ちょっと散らかってるんだよなあ」

ずっと独り言のように繰り返している。

だんだん閑静になる小道を横に並びながら歩く。細い道だけど人通りはとぎれない。私たちはカップルのように見えているだろうか。

坂をくだり、狭隘《きょうあい》な路地をぬけてやや広い通りに出て、駅から徒歩十分ちょっと。だいぶ築年の古そうなマンションにたどりついた。古めかしい灰色の外階段を上り、二階の奥が彼の部屋とのこと。

「いやあ本当に散らかってるんですよねえ」

さっきから繰り返しているフレーズをまた言って彼が重そうな鉄製のドアを開けると、室内からむっとした臭気とも湿気ともつかないものがやんわりと流れ出てきた。

彼の肩越しに薄暗い室内をのぞきこむと、奥の部屋まで、草むらを踏みしめてできた小道のようなものが見えてしまった。

草むらにあたるものは、ペットボトル、雑誌類、ビニール袋、何やら分からない紙切れの類《たぐい》……。

まごうことなきゴミ部屋。いままで見たどんな友人の部屋よりも汚い部屋。

彼は玄関に脱ぎ散らかされたたくさんの薄汚れたスニーカーを足で寄せてスペースを作り、自分の靴を脱いでまたそれを厚い靴下をはいた足で寄せ、額に汗を滲ませながら、どうぞどうぞと私を招き入れた。

なるべく表情を変えずにすばやく室内を見回してみる。

玄関を入ってすぐに広がる空間はおそらくダイニングで、玄関の上がり口のすぐ左横にキッチン。一応使っている様子はあり、シンクのなかに洗いものは残っているけれど、きわめて汚い部屋のなかでは比較的マシな場所に見える。キッチンの奥には風呂場らしき折り戸があり、その右にトイレと思われる戸が半開きになっている。開きっぱなしのガラス戸の向こうがおそらく寝室。ダイニングの中央には本来食事のときに使われるはずのテーブルがあるけれど、醤油などの調味料、酒類、中身の分からない小箱などがびっしりと並べられており、皿一つ載せるスペースもない。視界の右側にはテーブルとの境目も分からなくなるほどに段ボールが積み上げられ、背の高さくらいになっている。段ボールの奥には戸棚のようなものが垣間見えているけれど、そこにたどりつく手段はない。あのなかはどうなっているのか。

このダイニングルームには、玄関、風呂、トイレに向かって、生活動線のとおりの小道ができてしまっている。道になっていない部分はすべてゴミである。

絶句するも、私はこの人と初対面であり、無理を言って押しかけたのであるから、失礼のないようにしなければいけない。

「確かに汚いですね……」と、まず楔《くさび》のように一応言っておいた。私はこれを異常だと思うくらいの衛生観念の持ち主ですよ、と主張しておかなければ、むしろ不自然になる。でも、あくまでも冗談っぽく言う程度にとどめる。

彼はそれに苦笑いで応え、ためらいなく奥の部屋に向かった。私もそれを追って一歩一歩小道を進むが、そのたびに靴下ごしの足の裏に、何か粒っぽいものを踏んでいるのを感じる。これはこたえる。

寝室は和室、とはいえ似たようなゴミ部屋なので、あまり畳の部分は見えない。湿気やら何やらでへにゃりと曲がったヤングマガジンと、食べ終わったポテトチップスの袋、いつ使ったのか分からず底に残ったわずかな飲みものが干上がってしまったコップ、大量の紙きれや部屋着らしきものなどが、こたつテーブルの上や畳の上に均等に広がっている。ただ、毎日使っているせいか、ダイニングのテーブルと違って多少スペースに余裕がある。さすがにこたつぶとんは片づけられていた。

入って左には、まるで開かずの扉のようにまがまがしく構える押入れ。こたつから見えやすい正面の位置にテレビ。その奥はベランダに通じるすりガラスの掃き出し窓。右奥に寄せられているのは、シンプルなパイプのフレームのロフトベッド。その下の薄暗い部分にはパソコンが載った机があるけれど、ふだんからよく使っているだろうに、そこに向かうための動線らしい動線は見えない。

こたつテーブルの脇にある座椅子の上だけスペースが空いており、彼はそこに一旦腰掛けた。そして、テーブルの角を挟んで右隣の畳の上に散らかっていた紙切れや郵便物などをガサガサと脇に寄せ、壁際に立てかけてあった座ぶとんをパンパン叩いてからそこに置き、私が座るスペースを作ってくれた。

私がいろいろなものをまたいでそこにたどりつき、どうにか腰掛けると、彼は間を埋めるためにさっさとテレビをつけた。しかし、はっと気づいたようにまた腰を浮かし、「お茶でいいかな」とことわって、またグシャグシャといろんなものを踏んだり蹴散らしたりしながら台所に戻り、一応きれいそうなグラスに市販のお茶をついで持ってきてくれた。

「えっと、あのー、ここ、虫は出ないんですか?」

汚い部屋に立ち向かうにあたっては、気になることを当然先に聞いておかなければいけない。婉曲《えんきょく》表現ですが、当然ゴキブリのことであります。

「それが意外とね、見たことないんですよ!」

私の意図を察した彼は、妙に誇らしげに言う。うーん、そっか、よかった。その発言は、極端な話、別に嘘でもいいんです。出ないんだと言ってもらえれば、まずはほっと腰を落ち着けることができる。

ただ、この湿気と、そのせいかうっすら漂うにおいだけはどうも慣れず不愉快。ちょっと空気がこもってるから開けてもいいですか、と言いながら私はさっと立ち上がり、テレビの後ろにある掃き出し窓を開けてみた。

すると、一人暮らしにしては広いベランダに、大小さまざまな鉢やプランターが並んでいる。丁寧に支柱を取りつけた蔓《つる》植物もいくつかあって、青々と植物が育っている。ここにはずいぶん愛情をかけている様子。ベランダ全体の三分の一を埋めるほどの数があって配置も雑なので、端に設置された洗濯機に到達しづらそうなのが気にかかるけれど、意外な癒し要素を発見して、この部屋への抵抗感が一段階ゆるむ。

「植物もねえ、増え過ぎちゃって。でも、けっこう採れて楽しいんですよ」

プチトマトやきゅうりから始めて、今年は朝顔もということで、いまとても楽しんでいるらしい。

玄関に入ったときのあまりに強烈なインパクトで拒否感は最初にピークを迎えてしまったため、一度この和室でお茶なんか飲み、元気な夏の植物なんか見ると、私は妙に落ち着いてしまった。そして、部屋中をぐるりと見回して、人間性の見える細部に興味が持ててきた。「いろんなところ見てもいいですか?」とことわり、私はゴミの間を歩ける範囲で部屋のなかを見て回ることにした。

エレクターのラックには、多少の漫画雑誌と、かつて大学院に通っていたときに使っていたであろう学術書が並べられているけれど、それ以外に本はあまりない。CDもテレビ台の下にごくわずかしかない。意識して集めているのはDo As Infinity※か。聞いたことないな。

カビだらけという最悪の状況を予想しつつもお風呂の折り戸を開けてみると、窓があるおかげか、不衛生度はそこまでひどいものではない。古いマンション特有の、正方形の浴槽とバランス釜で、洗い場にはまるで見たこともないシャンプーとリンスが置いてある。

※Do As Infinity　伴都美子、大渡亮による音楽ユニット。一九九九年、エイベックスよりデビュー。通称「ドゥーアズ」。

気になって裏の製造者名を見たら、アムウェイ。※

トイレをのぞくと、こちらもダイニングや和室ほど物が散乱しているということはなく、なぜか床に直接、型の古そうなCDラジカセが置いてある。

ひととおり室内を見て、またゴミをかき分けてできたさっきのスペースに戻ってきた。彼は昼間のテレビをぼんやり見ながら、どこにあったのか、食べかけの板チョコをつまんでいる。

「シャンプー、アムウェイなんですね……」

「いやいや、あれは、母親が買ってくるのをもらってきてるだけですけどね。僕は別に興味はないんだけど。モノはいいんですよ、あれは」

「トイレのラジカセは何なんですか？」

「いや、まあ、あれは……うん、別に大した……」

「ドゥーアズインフィニティ、好きなんですね」

「あ、いや、はい。伴《ばん》ちゃん、ねえ、かわいいじゃないですか、ははは」

いままでネット上でやりとりしていた平凡かつ優しすぎて何のおもしろみもないメッセージに比べ、男・一人暮らしのこの生活の生々しすぎる具体性、全然かみあわない趣味、意外性。こっちのほうがはるかにおもしろい。これだよこれ。少なくともこの時点で「好き」になったとは思えないけど、やっぱりつきあえるんじゃないかな。たぶん。

いやちょっと待ってよ、この部屋の汚さは異常でしょ、いいのかこんなの。

でも、「彼女」って、こういうのを片づけてあげたり、家事をやってあげたり、するもんなんでしょう。そうして女として鍛えられるべきだよ、私は。私が耐えきれない部分は、私が改善してあげればいいだけの話なんじゃないの、こういうのを、世の「彼女」はみんなやっているわけでしょ。初めてのおつきあいなんだから当然そういうことにも慣れていかなきゃいけないし、いいんじゃない。

いやしかし、アムウェイ、ドゥーアズ……。

いや、別にいいじゃないそれは、個人の勝手なんだから、私が押しつけられてるわけでもないんだから。

慎重な私がいくら冷静になろうとしても、もう一人のお節介な私がぐいぐいとおつきあいを勧めてくる。

その日の午後は、部屋に散らばるヒントからなんとなく二人の会話もつづくようになり、

※アムウェイ　「成功を望むすべての人々にその機会を提供したい」という理念のもとアメリカで創業された家庭日用品販売企業。個人事業主がアムウェイから商品を直接仕入れ、周囲に小売りすることで利益を得る連鎖販売方式が特徴。こういった商法の代名詞的存在となっている。

日が暮れるころにはもう私は妙に冷静で肯定的な気持ちになっていた。

つまり、私はとんでもないイケメンとかめちゃくちゃセンスがいい人とつきあいたいわけでもないし、そもそもそんな人と私がつきあえるわけがないんだし、おためしでつきあうにはこういう人で十分じゃない、まあいいよね、と。

その日は夜が深まる前においとまし、翌週の土曜にまた私は彼の家を訪問した。歯ブラシやコンタクトレンズのケースなどを持って。

このときは行く前に何か欲しいものがあるか聞いて、大井町駅前のイトーヨーカドーで食品類やお酒をいくつか買って直接彼の家に向かった。特に前回と変わらず散らかり尽くした部屋のなか、彼は缶ビールを二缶開け、私はチューハイを一缶開け。寝る場所はロフトベッドの上しかないわけだから、そこで二人で寝て、すると彼が少しずつ体を寄せてきて手を握ってきたりして、なるほど、そういう感じで距離を詰めながら進めてくるものなのね、いえこちらはまったく問題ありませんが、何せやり方がよく分かっておりませんので、どうぞ、うまいように進めていただけませんでしょうか。とりあえず現時点でこちらには大きな抵抗感はありませんし、お任せいたしますので、セックスのほうよろしくおねがいします。

カプリチョーザの章

相磯さんは体を寄せてきて、少しずつ覆いかぶさるような体勢になり、私の視界は彼の顔でいっぱいになった。じっとりとした肌にプップツと毛が生えている。私の鼻には、多数の毛穴から発せられたぬるっとした体臭が侵入してくる。

男性とのセックスは初めて（女性ともしたことはないけど）。現時点で、視覚、嗅覚、触覚ともにまったく心地よいものではないけれど、全体の印象としてはどうでしょうか。抵抗、ありますか？　うーん……意外と、ないですよね。ね。意外にも大丈夫そうですよね。うーん、いけるんじゃないですか、これは。

感覚について自問自答していると、相磯さんは「電気消そうか？」と言ってきた。そうかなるほど、こういうときは女は恥ずかしがって電気を消すものだった、といまさら思いついた。

うん……、という返事のトーンで私が恥ずかしそうに装うと、相磯さんはロフトベッドの寝台部分からやや遠いところにある電気のひもにこわごわと手を伸ばして引っぱった。

部屋が薄暗くなり、彼はまず自分のTシャツを脱ぐ。つづいて私のシャツを脱がせようとしてきたけれど、少しぴったりしているので、うまく脱がせられないらしい。もたもたしていてまどろっこしいので、私が自ら脱ぐ形になった。すると彼はまだブラジャーをしているままの私にのしかかってくる。じっとりした彼の胸と腹の肉が私の内臓を圧迫し、同時にブラジャーの細かな縫い目や凹凸が肌にぐいぐい押し当てられて不愉快。ちょっと待って、と言って体を一旦起こし、私がブラジャーのホックを外そうとすると、彼もわざわざ私の背中に手を回して私より先にホックに手を掛けようとしてきて、結局それはうまくいかずに私が自分で外すことになって。

無駄な動きが多いな。

もっとスッスッスッと、なめらかなプロセスで目的に到達したりしないものなのか。大人の男と女のセックスという楽しみは、もう少しオシャレでスタイリッシュなものではなかったのか。だいたいこんな超汚い部屋の、貧乏くさいロフトベッドで。夢ってもんがないよ。

どうにか二人とも上半身裸になると、彼はまたのしかかってきてついにぴったりと私の口に唇を押しあて、ぴちゃぴちゃとした音を立てて吸いつき、そのあとは私の首にしがみついて何か所も吸いついてみたり、そこから少しずつ下に移っていっていろんな部分をなめてみたり。

　この流れなら当然下半身も脱ぐことになるはずだけど、彼が「下も脱がせていい？」と囁いてきたのに対し、私は恥ずかしそうな口調を装いながら頑《がん》として拒否した。まだ私は身体的に男性であったし、その生々しさを見せたくないのだ。先方も無理強いしてこないので、そこは助かった。

　それにしても、彼が自ら私のパンツを脱がせようとしてきたのには内心驚いた。雑談のなかで彼にかつて彼女がいた時の話はすでに聞き出していたし、ゲイでもなければ、ニューハーフ好きのような指向があるわけでもない、いわゆるノンケであることは確定的だと思っていたので、一体私に対してどう思っているのかよく分からなくなった。

　ただ、こういう体だろうが気にせず女として扱ってくれ、セックスの対象として見てくれる人だということは確かだ。しかも下を脱がせるかどうかについて、気づかってくれる。とてもありがたい。

　彼は自分だけ下も脱いで全裸になった。暗いのでよく分からないけど、私は初めて男性の物をこんな近くで見たり触ったりして、不愉快さを感じることは案外ほとんどなかった。薄暗がりのなかで吸われたりなめられたりして、相手がそうしてくるから私も返したほうがいいのかと思って同じようなことをし返したりして……この行為はいつになったら、何が起きたら終わりになるんだろうと思いながら、それでもまったく拒まれずに距離感がゼロになっていることにはそれなりの満足感と快感があり、なによりこういった試みが初めてだったこともあって、この行為には新鮮な楽しさがあった。いちばん初めに会ったときの相磯さんに対する抵抗感はこうしてかなり薄れていった。

その頃の私は昼にアルバイトとして働きながら夜間の専門学校に通っており、その学校のあとには頻繁に大井町に泊まりに行くようになった。

私が頻繁に来るようになっても、相磯さんの部屋の汚さは一切変わらない。初めこそ、このゴミ溜め部屋を私の力でどうにかせねばならない、などと決意していたけれど、ここまでではないにせよ自分の部屋もかなり汚いし、そもそも掃除はまったく得意ではない。それに、自分の部屋に侵入されるのが嫌いな私は他人もきっとそうだろうと思っているので、人の物を勝手に移動したり捨てたりすることにはかなりの抵抗感がある。結局ずっとどこにも手がつけられず、時々思いついたように文句を言いながらも放置し、ベランダの朝顔などを見て「まあ、ひとんちだし、別にいいか」などと思ってしまっていた。

秋が近づくころにはレンタカーを運転してもらい、気まぐれに相模原から津久井湖《つくいこ》を通って山梨県の山あいに行き、川沿いの景色を眺めて楽しんだ。相磯さんは意外にもキャンプ用具を持っていて、道志川《どうしがわ》のほとりで火を焚き、コーヒーを淹れて満足げに飲んでいた。どこに泊まるかも決めていなかったので、私は入ったことのないラブホテルというものを提案してみた。真っ暗な田舎道を走りまわって怪しく光る看板を探し当て、モーテルタイプの古いラブホテルに入り、悪趣味な内装の部屋で抱きあったりした。

十一月の相磯さんの誕生日には、本人の希望で大井町のカプリチョーザ※に行った。お金はないけれど、ここは私のおごり。いつもは頼まないサイドディッシュもたくさん頼み、デザートプレートも作ってもらい、最後にブルーブルーエ※で買ったルームシューズをプレゼントした。

年が明けて、バレンタインデーには初めて手作りチョコというものに挑戦することにした。大きすぎるハートの金型を買い、自宅の貧弱なキッチンで甘いばかりのデカくてぶかっこうなチョコレートケーキを制作。ありきたりなラッピングをして大井町の汚い部屋にいそいそと持ち込み、おいしいじゃん、というふつうの感想に満足し、またロフトベッドの上段にのぼって相磯さんの好きなDo As Infinityを流したままセックスのようなナメあ

※カプリチョーザ　南イタリアの大衆食堂をイメージしたイタリア料理チェーン店。安価なイタリア料理店の走りとして一九八五年よりフランチャイズ展開。
※ブルーブルーエ　「地元の素敵なお店」をコンセプトにした雑貨店ブランド。ショッピングモール、駅ビルに店舗を構える。ブルーと白を基調にしたロゴデザインが特徴。

いをした。

トイレにある謎のCDラジカセは、相磯さんが用を足したついでに長居するためのものだった。便器に腰掛け、Do As Infinity やメタルの洋楽をかけながらヤンマガや漫画を読むのが彼のちょっとした幸せのようだった。最初はその習慣を恥ずかしがっていた彼も、あるときにそれをカミングアウトし、そのうち私がいるときも平気でトイレに長居しながら音楽を聞くようになった。

トイレから小さな音でシャカシャカ漏れ出てくるドゥーアズやエアロスミス、メタリカ。シャカシャカした音、排便音、ドシャーッという流水音。それを私はほほえましく思い。だんだんなんとも思わなくなり。

やや不快になり。

ついには、ものすごくダサく感じてきた。

誘われて行ったDo As Infinity のライブも、まったく趣味ではないので、いっしょに帰るときに何の感想も言えなかった。

セックス的なことにも飽きてきた。

似たようなことばかりで、何もかも新鮮味がなくなってきた。

私が思う、世間一般の人がしている恋愛というものを一年でひととおり。セックス的なことをしてみたり、ドライブデートしてみたり、手作りチョコに挑戦してみたり、二人で部屋でだらだらしてみたり。思いつくようなことをだいたいやり終わると、もう何も出てこなくなり、部屋の汚さの印象は何倍にもなり、彼の容姿や体臭は我慢ならないものになり、大井町に行くのも面倒になってきた。

まともなセックスもできないこんな私を好きになってくれている、という、感謝と申し訳なさの入り交じったような気持ちは急激に色あせ、私はどんどん傲岸不遜《ごうがんふそん》になっていった。

そもそもこんな汚部屋の、だいぶ年上のフリーターの、話のつまらない、話の合わない、外見もまったく好みではない、風呂にネットワークビジネスのシャンプーを置く、トイレに古いCDラジカセを置いてメタルを聴く、ネットで出会ったような人と、結婚……というのは、とても考えられない。それはさすがに当初から思っていたことだ。私は友達を出し抜くくらいの勢いでさっさと結婚するつもりじゃなかったのか。その可能性がないなら、このおつきあいには何の意味もない。なんでつきあうことにしてしまったのか。

そして、私はおつきあいをやめることにした。

ある日いっしょに行ったファミレスで、少しだけ勇気を出して、唐突に別れたい旨を切り出した。いきなりなんでなの、どうしたの、と穏やかに訊いてくる相磯さんはいかにも平静を装った様子で、パニクらない大人の男性を気取っていた。私はその態度に乗じて、いや、なんかもう、耐えらんないんだよねえ、と内容のないことを言い放ちながら苦笑いの表情を作って席を立ち、もうそれから二度と会わないことにした。意外にも、相磯さんのほうから追いすがってくるようなこともなく、本当に二度と会うことはなかった。

一年ちょっとのおつきあいであった。自分の部屋に呼ぶということは、結局一度もなかった。

平凡な恋愛と結婚をして早く埋没したい、などと強く思い込んでいた裏には、堀内をはじめとした世間への復讐心に、悔しさもないまぜになっていた。

というのは、もちろん「モテないから悔しい」などという単純なことではなく、恋愛というものを何の疑問もなく受け入れて楽しんでいる人たちに対する悔しさである。

考えてみれば私は小学生の頃から、世間にあふれるヒットソングはなぜことごとく恋愛の歌なのか、という疑問を持っていた。世界には恋愛以外にも果てしなくモチーフが存在するのに、なぜ猫も杓子《しゃくし》も恋の歌ばっかり歌って売れているのか、と。

中学生になると少しヒット曲にも興味が持て、友達にドリカムのシングルやチャゲアス※のスーパーベストⅡをゴリ押しされてこれは愛聴盤になったけれど、それでも歌詞に共感していたわけではなかった。歌詞にラブとか愛とか恋とか出てくるたびに、歌詞の余白の埋め合わせだとしてもよくこんな嘘くさい単語を臆面もなく連発できるものだ、と思っていた。

　とはいえ当時は、自分がまだ子供だからこういうテーマが分からないのかもしれない、と私はさほど深く考えていなかった。

　しかし、恐ろしいことに、この謎は長じるにつれて絶望のようなものに変わっていく。つまり、恋愛ソングなんてバカバカしくて興味がない、と思っているのは私くらいのもので、世の中のほとんどの人間は本気で恋愛ソングが好きであり、だから恋愛ソングが当然のようにヒットしている、ということがうっすら悟れてきてしまったのだ。

　私の見る世界は私が生まれてから、広告もテレビも雑誌も本もネットも、永久機関にエネルギー源を保証されているのではないかと思うくらいずっと「恋愛」のネオンを発光させつづけ、巨大な拡声器で絶え間なく恋愛のすばらしさを謳《うた》っている。ふだん小難しいことを説いている人も、社会に向けて崇高な目標を掲げている人も、みんな恋愛という巨大なブラックホールの意義については特に価値判断せずに自ら突入していき、だらしない顔

※チャゲアスのスーパーベストII　CHAGE&ASKAのベストアルバム。一九九二年、ポニーキャニオンより発売。オリコンランキング首位を五回獲得。『SAY YES』、『僕はこの瞳で嘘をつく』などの大ヒットシングルを収録。

で楽しんでいるように見える。彼ら彼女らはたいがい恋愛してセックスして、いずれ結婚するし、そのうち子供まで産む。別れたり別の人とくっついたり不倫したりという細かな波立ちはあるかもしれないけれど、おおむねこの大きな流れには反しない。

私は成人してもなお、まるでそのことに共感を覚えなかったのだ。

好きな人がまったくできないわけではない。単純に「顔が好き」「声が好き」もあれば、「話が合うので好き」もあるし、「その人の仕事が好き」もある。しかし、その手の個別の好印象と、総合的ないわゆる恋愛感情というものの差が分からない。AさんよりBさんが好きだ、という量的な判断もできるけれど、好きという感情の質的な種別のなかに「恋愛」が入ってこない。どうしようもなく好きでいますぐにでも会いたい、触れあいたい、抱きあいたい……と感じた経験がまったくない。「独占欲」という感覚は、友人に対して似たものを抱いたことはあるけれど、それがこと恋愛についてはみんな箆棒《べらぼう》に強いものであるらしいというその感じは理解できない。好きだからその人のためになんでもしてあげたい、という気持ちもない。

好意を寄せる人に対して私が持つ欲望は、なるべく頻繁に会って話したい、という程度のものである。その先の、同棲したいとか家庭を持ちたいとかいう話にはつながらない。性欲となるとまたまったく別立てで、誰かを好きだという気持ちとは独立したものとして存在しており、極端に言えば一人でも解消できる程度のものである。おそらく、そもそも人に比べてかなり弱い。

のっぺりした顔の友人――実際に私にはそんな友人はいないし、これは私が各所で会った関係性の薄いどうでもいい人の最小公倍数的存在のことですが、きっと私はのっぺりした顔の人から「それは、まだ本当に好きな人がいないだけだよ」なんて何度も言われた気がする。「私も最初はそうだったよ。でも心から好きな人が、いつかきっと現れるから」。そんなアドバイスを頂戴するたびに、私は優越感で口元をゆがませたのっぺり人の顔をもぎとって叩きつけたい気持ちになっていた。ただ、言われた言葉だけは悔しいかな、ガラス片として刺さる。「本当に・心から好きな人」って何かね、何か明確な数値があって、閾《いき》値《ち》を超えたぞ、ってみんなしっかり自覚できるものなのかね。「本当に・心から好きな人」など、いたことがない。これは欠陥なのか。

きっと多くの人は、おそらくその閾値の感覚が先天的に備わっているんでしょうね。だから、恋愛感情〜結婚という流れに大した疑問も抱かず、心底楽しそうにそれを実現しているわけだろう。あいつらばっかりずるいじゃないか。その一連のやつ、私の想像力の範囲内ではちぃとも楽しそうに感じないんだが、万が一楽しめる方法があるのだったら、ぜひ味わわせてもらいたい。

ネットで知り合って相磯さんとつきあってみて、確かに最初こそその新鮮さに私もテンションが上がった。セックスという行為も初めてだったので、はじめの数回はかなり楽しく感じたのも事実。セックスに協力してくれる「彼氏」にありがたいと思い、盛り上がってきた彼への感謝の気持ちを好意のようなものと同格に感じたこともあった。

しかし所詮、これは目新しい体験に盛り上がっていただけにすぎない。これに関して、相手は触媒程度のものでしかなかった。

こんなものは「恋愛」のわけがない。相磯さんに対していわゆる恋愛らしき行動をいろいろ試してみたところで、世間で言われるような感情になるわけでもなく、結局焼け石に水だったように思う。

しかし当時の私はまだ二十代前半。相磯さんによるテストに失敗したところで、「やはり恋愛ってやつはピンとこないから自分には無理だ」と決めつけるわけにはいかなかった。往生際悪く、みんなが楽しそうに味わっている「恋愛」についての追究はつづく。

ということで、自分の「好き」という感情はまったく信用できないので、自分の気持ちはさておき、「どうやら好かれているらしい」という場合は基本的にすべておつきあいをOKすることにした。恋愛なるものをなるべく経験するにはそれしかない。ネットの出会いはさすがにもう気が向かないけれど、現実でそういうことがあるならいくらでもウェルカムである。

　相磯さんと別れて数か月後、かなり年下の、専門学校で声を掛けられた男の子に誘われ、つきあいはじめた。相磯さんと違って若いし、顔もいい。ポイントタトゥーが入ってたりピアスだらけだったりする容姿と、ちょっと意地悪そうな性格はとても新鮮。

　ところが、そもそも学校ですら会う機会があまりなく、その後「デート」もほぼなく、向こうから「告白」されたはずなのにまるでほったらかし。これはいわゆる「振り回されている」というパターンではないか。この状況にイラついている私は、やはり「恋愛」をしているのではないか？　今回こそ恋愛になるかもしれない。私は大いに盛り上がった。

　しかし、あまりにも会えないことに「彼女」らしく電話で文句を言ってみたら、すぐに彼は「じゃあ別れる」と言い出した。あまりのあっけなさに腹は立ったものの、別れてみれば私もまるで未練がない。あっさりと終わってしまった。三か月くらい。

　二十代後半になり、手術して身体も変えたので今度はもうちょっとまともにセックスも楽しめるぞと思いはじめた頃、バーで知り合った同い年の男性が私のことを好きらしいと人づてに聞き、それじゃつきあえるだろうとそのつもりで接してみたらつきあうことになった。もちろん私はその人のことを好きだとは思っていなかったけれど、穏やかな人だったし、このまま結婚まで踏み切ってしまえという勢いである。彼の自己主張があまり強くないのをいいことに、見た目を私の好みにしようと思ってメガネを選んだ。わざわざこちらから何度もデートや旅行をセッティングした。沖縄にまで出かけ、レンタカーを運転してもらって美《ちゅ》ら海《うみ》水族館まで訪れ、北谷《ちゃたん》のビーチにある、お風呂がガラス張りになったけっこういいホテルに泊まった。

しかし、どうやら先方には結婚する気がまるでなさそう。セックスも初めこそ何度か試してみたものの、彼はどんどん消極的になり、そのためにまるで私のほうが積極的にセックスしたがっているような構図になる。これには嫌気が差すと同時に、「まあそうだよね、私とするのが楽しいわけがないよなあ」という納得の気持ちもどこかにあり、そうなると私も日に日に自己嫌悪が強くなり、自ら切り出して別れてしまった。一年強。

恋愛なるものを無からどうにか引きずり出して肉眼で確認したいと思うんだけど、関係がまずつづかないし、「なるほどこれが恋愛か！」という影も形もまるで見えない。

こんな感じで三十代半ばくらいまで何人かとつきあってみたものの、結局例の「心から好きな人が、いつかきっと現れるから」なんてことはまったくなかった。

そして、やっと、結論が見えはじめた。

どうやら、みんなが楽しんでいることになっている恋愛というやつを、そもそも楽しめない私のような人もいるのだ。

子供の頃から四六時中焚きつけられるから、「人にとって『恋愛』という行為はかけがえのないもので、人生のなかで必ずきわめて大きな要素となる。そして、成功すれば無上の喜びを得られるから、人は極力『恋愛』を楽しむべきである」と刷り込まれてしまっただけだ。

誰にでも恋愛を勧める世の中がそもそも間違いなのだ。例えば私は趣味として大相撲が大好きだけれど、興味のない人にゼロから勧めようなんて気はさらさらない。なんとも思っていないものを「やってみたらよさが分かるから、絶対にいいからやってみよう」とゴリゴリ押しつけられる苦痛は分かっているつもりである。大量にはびこる恋愛推進派たちは、そのへんが分かってないんじゃないの。

私はただ向いてなかっただけなのだ。うっかり人生に必須のものかと思って、何回も何回も試してしまったよ。まったく、不毛でした。

ともあれ、一応ひととおり恋愛っぽい経験は得たから、恋愛の話でコミュニケーションを取ろうとするタイプの人に対しての表面的な会話で困ることはなくなった。そこだけは経験としてよかったかもね。

しかし、こんな私でも、人生において恋愛をするということ自体には何の疑問もなく、その上で恋愛がうまくいかない、というタイプの人と案外話が合って仲良くなれるのだから不思議なもの。

グータンヌーボの章

何人かの人とつきあってみたり別れてみたりしながら、私はなりゆきでフリーランスになって文章を書く仕事を得、イベントなどで人前にも出るようになり、似たような仕事の人とごくわずかながら知り合うようになった。

女性でエッセイやコラムのようなものを書いている人にももちろんいろいろなタイプがいらっしゃる。私よりも少し上の世代には、「女は世間からの抑圧を打破しなければならない」あるいは「女であることを楽しまなければならない」とゆるぎなく思い、多少世間的なモラルを逸脱していようが、どこかで煙たがられたり嘲笑《あざわら》われたりしようが、そんな非難も軽々と撥《は》ねのけ、コンプレックスも認めながらまるごと自らの女としての在り方に自信を持っている人が多い、というイメージがあった。強く、前向きに励ましてくることが魅力として受け入れられているタイプ。

私はそういう諸先輩たちを尊敬はしつつも、まったく相容れないものを感じていた。私くらいの世代では、自分の懊悩《おうのう》、コンプレックス、卑屈さなどをまる出しにして作品に書き記し、優しさと表裏一体となっている情けなさをあらわにすることで、結果としてそれが読者の支えになるというタイプが増えたように思う。自分で言うのは面映《おもは》ゆいけれど、おそらく私自身もこういったスタンスの文章に分類されるだろう。

しかし、同世代の女性で、似たような傾向で似たような仕事の人たちとすぐ仲良くなってともに励まし合ったり慰め合ったりできるかというと、まったくそんなことはなかった。

そもそも仕事をともにするという機会が少ないので接点が持ちづらいし、なにより、私は文章を書くという仕事の面ではそれなりの自信を持ってやっていたものの、「女性として」という面では、容姿などではなく性や恋愛についての猛烈なコンプレックスがあった。

こんな仕事だと、どうしても「書いている人間が『女』である」というだけで、「女性として」という枕詞《まくらことば》が作品についてしまう。ほとんどの読者は勝手にそう思うし、本人もそれを無にすることができない。

「女性として」がついてしまうと厄介である。同じような業界で、同じようにコンプレックスを作品に昇華していたとしても、「女性として」は私こそ真に最底辺の存在である、という思い込みはそう簡単に消えない。だって、彼女らは自分が女性であるという自認については（たとえそれが不本意であったとしても）何の疑いもないし、男性に恋愛をするということについても（それがうまくいっていなかったとしても）疑問なく行使しているように見えるのだ。その時点で私よりものすごく当たり前に「女性として」生きている。そんな人たちとニコニコ仲良くするには、そうとう肩に力を入れてかからなければならない。自然と、そういう関わりは避ける方向に行ってしまった。

フェミニズムをはっきり標榜する人についても、かなり警戒していた。そういう人から「女として同じ悩みを抱えていますよね」という形で共感を期待されたとき、いや、生まれつき女ではない私はたぶん分からないことがありますし、私の悩みもたぶん分からないと思いますから、おつきあいしていくにつれ、あなたはきっとあなたと私を「別種だ」と識別するようになると思いますので……と、部屋の隅に逃げ込みたくなる気持ちになっていた。

だから、似たような仕事の同世代の女性たちが、私を含めて「女性エッセイスト」というざっくりしたくくりでまとめられることについては、私は居心地の悪さと嫉妬を同時に感じていた。

ところがどういうわけか、雨宮《あまみや》まみさんだけは、芯の部分で同業者だと感じるようになった。

最初の接点は、雨宮さんが『女子をこじらせて』という初の単著を出すにあたり、それを記念して行われるトークイベントの対談相手として急に誘われたことである。

雨宮さんは、私がそのときにネットで連載していた漫画『ときめかない日記』に深く気持ちが重なるところがある、という。この漫画は、私同様に恋愛自体に乗り気になれない主人公がむりやり恋愛をしようとして起こるトラブルを描いたもの。雨宮さんはこのイベントで、「人がふつうにやっていることが必死にならないとできず、それを乗り越えてもむしろ傷つくことがいっぱいある……というダウナーでつらい現実をどう生きていくのか」というテーマについて話したいらしい。

当時、私は雨宮さんの文章についてはさほど知らず、「AVライター」という肩書きからしてもっと強靭《きょうじん》な女性をイメージしていた。恋愛での失敗譚《たん》が多少あったとしても、しっかり女としての人生を楽しんでいる人という先入観があった。私の漫画に共感することなんて想像もできず、その思いを疑いすらした。しかし、思い切ってオファーを受け、メールなどでやりとりしているうちに、どんどん親近感が湧いてきたのだ。

趣味がそんなに合うわけでもないし、雨宮さんの容姿・性・恋愛の話についても別世界の話に思えて、当初はかなりの羨望や嫉妬があった。しかし、ネット上で話しているうちに、彼女も強烈なコンプレックスを抱えて「女をこじらせ」て育ってきたらしいことが信じられるようになり、それを自著であられもなく曝《さら》け出している様子にも好感を覚えてきた。また、文字で会話を交わしているときの言葉の真綿のようなやわらかさ、加えて、身も蓋もないことを言えば彼女の容姿に憧れていたこと、こういった点も不思議と私のこわばっていた肩の力を抜かせたようだった。

そうして私たちは、二人きりで対談イベントをすることになった。事前に直接会ったのは、イベントの打ち合わせのためのたった一回。それでも、なぜかどうにか形になりそうな確信があった。

二〇一二年の三月、阿佐ヶ谷ロフトA。雨宮さんの本はすでに前年末には発売されていて、その数か月後に私の漫画『ときめかない日記』が本となって発売される予定だったので、そのちょうど中間あたりということで、イベントタイトルはこの二冊をまとめたものとなった。「こじらせ女子のときめかない日常」。

ツイッターでイベントの告知をする雨宮さんの文章は常に優しさにあふれていた。自分の宣伝よりも対談相手の宣伝を優先しているほどである。来てくださる方は能町さんの『ときめかない日記』(この時点ではまだネット連載されていた)を読んできてくださいね。読んだら平常心ではいられないかもしれないよ——という書き込みを見て、私もすぐに、雨宮さんの『女子をこじらせて』ももちろん読んできてよね、でもその場で買うのもアリですよ、と呼応する。すると彼女はさらに、私の以前の著書である『縁遠さん』もおすすめ、と返してくる。優しさではかないそうにない。

　イベント当日。私はその頃すでにトークイベントという形式には多少慣れていたものの、身だしなみが完璧に見える美しい雨宮さんと対峙《たいじ》する緊張感をほぐすために、私なんてロクに化粧もしてなくて、だとか、雨宮さんみたいにちゃんと人前に出るような格好をしてくるべきだった、とか、ついついのっけから過剰なまでに下から出てしまう。それに対し、雨宮さんも謙遜したり卑屈なことを言ったりしながら、これって「劣等感プロレス」だよね、という新しい言葉を出してきた。

　劣等感プロレス。確かに私たちのような者は、誰を見ても劣等感にさいなまれ、先に先にへりくだることで自分のプライドを守る手段に出てしまい、へりくだりと卑屈の応酬になる。まさに、劣等感による技の掛け合いである。

　ほかにも、話していくうちに、私たちには驚くほどに共通項が見つかっていった。

　私の家と、雨宮さんのかつての勤め先が徒歩二、三分ほどの距離だったこと。

　誰かの彼女になれたとき、自分が思う女の子らしい行動や演技、すなわち「彼女プレイ」をしてしまい、自分で自分が気持ち悪くなってしまうこと。

　それぞれ、「坊主にしてこそ女性性が覚醒する（雨宮）」「どんな髪型であろうと私は間違いなく女である（能町）」という先鋭的な理由で坊主にしたことがあること。これについては、私が五分刈り程度だったのに対し雨宮さんはなんと剃り上げたのだそうで、私は負けた気分になってしまい、いやこれは勝ち負けじゃないでしょ、と変に慰められたり。

恋愛観も、「恋愛とは何か」を考えすぎていきなりネットを通じて見ず知らずの人とつきあうというおかしな方向に走り出した私と、彼氏を作らなければならないと焦るあまりテレクラに走った雨宮さんとでは、全然違うふるさとの話をしているのに思い出がどこかで重なっているかのような気持ちになった。

そして、このイベントで二人が最も力を込めて話したのは、自分の中身（特に自虐）を仕事として書くことによって、モテや幸せを捨てるかどうか、という問題であった。

自虐じみたことを仕事として書いている人間は、幸せになったらおもしろくなくなるんじゃないか、などと言われがちである。しかし、私たちはごく自然なスタンスで書いたものがこんなテイストになっているだけであって、別に仕事のためにわざわざ不幸に飛びこんでいるわけではないのだ。これについても二人の思いは同じ。

ということで、私は「目標は、幸せになって『つまんなくなった』って言われること」と言い切った。

雨宮さんも賛成して、「幸せになってからダメになった、って言われたい」と言い、さらには「結婚して、結婚指輪をした手を重ねている写真をネットにアップすることにすごい憧れてるんだよね」と大胆に付け加えた。

　これには、正直ちょっと引いてしまった。あ、ここはさすがに私と違うな、と。


　ともあれ、いままでただでさえ「同業者」として話せた相手がほとんどいなかった私としては、心底満足できたイベントとなったのだ。雨宮さんも、ツイッターで「能町さんと心が寄り添いすぎてしゃべりすぎました」と書いてくれ、私は同志を得た喜びを感じていた。

　私はこの頃ちょうど女性漫画家の久保ミツロウさんとも仲良くなりはじめていたため、イベントからの帰宅後、私たちは所用でどうしても来られなかった彼女をフォローする形でネット上でじゃれ合い、そのうち三人で飲もう、劣等感で殴り合いをしよう、ということがすんなり決定。

　きらびやかな女性芸能人たちがキャイキャイと恋愛トークをする番組になぞらえて、私たちは劣等感の[※]グータンヌーボだ、と言いだしたのは久保さんだったろうか。人に向けたイベントではない、三人だけによる劣等感グータンヌーボは、のちに実際にお互いの自宅で何回か行われることとなる。

ただし、私たちはサークルでもなければ、徒党を組むつもりもない。

一、わざわざ定期的に集まろうとしない（義務感を負わない）。
一、三人という人数についても必然とはしない（束縛しない）。
一、料理を作って持ち込むようなタチじゃないので出来合いのお惣菜ですませてよい（「女として」みたいなことを考えない）。
一、お互いの劣等感については励ますわけでもなく、なるべくただ聞く（無理に克服しない）。

私たちは特に示し合わせたわけでもなく、なんとなくこういうゆるやかな友達となった。

※グータンヌーボ　フジテレビ系列で二〇〇六年四月から二〇一二年三月まで放送されていたバラエティー番組。台本なしで恋愛や仕事について赤裸々に語り合うトークが売り。初代レギュラーは江角マキコ、優香、内田恭子。

グリーンホールの章

雨宮さんとは何度会ったか分からない。

と書くと、ものすごく頻繁に会っていたような意味合いになってしまうけれど、文字通りの意味で、分からない。

二か月に一度くらいは会っていたような気もするけれど、いっしょに何をしたかを具体的に思い出して、その回数を知り合ってからの期間で割ると、年に一、二度くらいしか会っていないような気もする。かなりジャンルが違うとはいえ、お互いにもともとはブログで活動していたネットジャンキーなので、直接会話するＬＩＮＥはもちろん、フェイスブックやツイッターも含めればネット上ではかなりの頻度でやりとりをしていて、よく会っていたように錯覚してしまうのかもしれない。

覚えているのは、久保ミツロウさんと、雨宮さんの家に遊びに行ったこと。手土産も手料理も用意しようとすら考えず、手ぶらで雨宮さんのマンションの最寄駅に着き、たまたま目に入った餃子店でいろんな餃子をテイクアウトし、国道沿いにある眺めのいいワンルームへ。雨宮さんの部屋はよく片づいていて、大きめの鉢植えと、お気に入りのアラブ調の派手なチェストが存在感を放っていた。餃子だの菓子だのをつまみながら、私たちはそこでだらだらとミュージカルや※羽生結弦《はにゅうゆづる》を見ていた気がする。たぶん実のあることなんか特に話していない。恋愛の話なんかもきっとしていない。

　誘われて、銀座で開かれた※ドゥーブルメゾンの展示会に二人で行ったこともあった。銀座なんてそもそも私には似合わなくて、しかもブランドの展示会だなんて、一人じゃこんなハードルの高い空間には行けない。雨宮さんのフィールドだ、と思いながら、それでも行ってみればかわいいお着物やら小物やらにテンションが上がって楽しくなってくる。しかも、私が『※装苑《そうえん》』で連載を持っているせいで、たまたま面識のあるスタイリストさんに会い、少し言葉を交わすという「業界人」っぽいことが起こってしまった。こんなおしゃれな場所で仕事の知人に会うなんて雨宮さんにこそふさわしいことだ、と思い、私は分不相応さに大いに気まずくなってしまった。

　そのあとは、休日だというのにあまりお客さんのいない穴場の中国茶のお店に行って、まただらだらと無駄話。私にとってはとらえどころのない街である銀座に雨宮さんがこんなお店を持っている（オーナーであるという意味ではなく、頭にストックしてある）なんて、やはり彼女にふさわしいことだ、と思った。大きな窓ガラスのそばの明るい席でいっしょに花茶なんか啜《すす》れることをひそかに誇りに思いながらの無駄話。

ふと思い出したように、ＬＩＮＥで延々と長電話のようなやりとりをすることもあった。これも毎日とか毎週とかいうわけじゃなく、数か月に一回、不意に雨宮さんが、こんな新作が出たけど能町さん絶対これ好きだと思うんだよね、とか、こんな記事があったから能町さんに教えるしかないと思って、とか、そんな話を送ってきて、そこからずるずると最近の身近な噂だのゴシップだのを言い合う流れになるのである。

文字での長々とした会話のなかで、雨宮さんはサラリと恋愛の愚痴や悩みを言ってくることもあった。そのとき私はちょっと緊張し、私には縁のないような経験を語ってくる雨宮さんの話を内心かなり驚きながらも平静を装って聞き、なんなら知ったかのような口調でアドバイスを送ることもあった。

しかし、私は雨宮さんが語る恋愛の中身にまで憧れていたわけではなかった。

むしろ、まったくもって理解ができなかった。時に、偉そうにどこかで聞いたようなア

※羽生結弦　フィギュアスケーター。二〇一四年・ソチ五輪、一八年・平昌五輪で金メダル。二〇一四年にはすでにＤＶＤ『覚醒の時』が発売されていた。
※ドゥーブルメゾン　スタイリスト大森伃佑子がディレクションする着物と洋服のブランド。ストライプ柄、レース素材などを使い、従来のルールに制約されないコーディネートを提案する。
※『装苑』　文化出版局発行の月刊ファッション誌。モード志向で、文化服装学院をはじめ、服飾系の専門学校生に支持される。

ドバイスなんかしてしまうのは、自分の思いは棚に上げ、通り一遍のことを言っておかないとうっかり本音を言ってしまいそうだったからかもしれない。

そのほかの部分はいつも私の憧れであるのに、恋愛に関してはなぜ毎度毎度よりによってそんな身を窶《やつ》すようなことをしているのか。なぜそんな、どう考えても報われないことをしているのか。恋愛の話を聞いている間は、こんな身も蓋もない言葉がずっと脳内にこだましていた。どうせならしっかり幸せであってほしい、という思いももちろんあった。

でも、私が夢中になれない「恋愛」ってのは、きっとこういうものなんだろう。私は半ばあきらめ、その執心ぶりに半ば羨望や嫉妬も感じていた。「恋愛の話なんかしないでほしい」とは思わなかった。プライベートの芯の部分をこんな私に打ち明けてしまっているという状態に私は選民意識のようなものすら感じ、いい気分にもなっていた。

私は、二つ年上の雨宮さんに対し、なぜか早い段階でほぼタメ口になっていた。私はふだん、年下の知人でも初対面からしばらくは敬語で接するし、年上ならかなり親しくなっても敬語を崩すことは滅多にないのだけど、雨宮さんについては自分でもなぜこんなにすんなりタメ口に移行できたのか分からない。会話しているときの彼女の柔らかい言葉の受け止め方は私を異様に安心させてくれるので、私も早く二人の間の壁を壊したくなったのかもしれない。不思議なバランスだった。こちらは雨宮さんと接するときに、憧れから明らかに背伸びをしている自覚があったのに、彼女はそこにまったく気づいていないようなところがあり、私もそこに甘えさせてもらっていた。

また、最初に会うときに一冊読んで以来、私は雨宮さんの本をほぼ読んでいなかった。そもそも私は感想を言わなきゃいけないのが嫌で友人・知人の書いた本をあまり読まないのだけれど、特に彼女のものは買うだけ買ってほとんど開いていなかった。おそらく作品には赤裸々に内面を吐露《とろ》した部分が多いだろうから、ふつうに仲よくしている人の裸体や内臓を見るようで、どこか照れくさいような、グロテスクなような気がしたのである。


知り合ってから五年弱、四十歳になってからの雨宮さんはやや暴走していると思えるほどに活発だった。クラブなどに行って強くないはずの酒をやたら飲み、家でも鯨飲《げいいん》し、高そうな服を買って自撮りをインスタに上げ、ひょいひょいと遠くに出かけていた。結婚式を模したような自らの誕生パーティを盛大に開いたのには驚いたけれど、その写真は心から楽しそうだった。

こういった集まりに私が呼ばれたことはなかったけれど、それは私にとってもありがたいことだった。私は知らない人だらけの大勢のパーティは苦手だし、雨宮さんとの関係では一対一でいることになにより満足していたので、私と関係ない場所で充実した生活を送っている雨宮さんの輝きを見るのは単純にうれしいことだった。おそらく彼女もこんな私の性格を察していたはず。だから、お互いに共通の友達を増やそうと試みることはなく、私たちは疎であり密な心地よい関係性を保っていた。

その日のことは、驚くほど覚えていない。

スケジュールを確認してみると、私はどうやら十九時近くまでテレビの収録現場にいたようだけど、その後どこでどうして知ったのか、まるで思い出せない。二十一時だか二十二時だか、そのくらいにタクシーで向かっていたところから記憶がある。向かった先は野方のなんとかというホール。

雨宮さんが亡くなったということを、私はどこからか、誰からか聞いた。共通の知り合いがほとんどいないので、久保さんから聞いたのか、私が誰かから聞いて久保さんに教えたのか、どっちかだろうと思う。何が何やら、通夜だかなんだか知らないが、ただその野方のホールにいるとのことで、向かうことになった。タクシーに一人で乗っていたのか、久保さんと乗っていたのか、それすら覚えていない。

信じられないとか、嘘であってほしいとか、まったく思っていなかった。ものすごく強固に信じていた。亡くなった、ということを信じすぎていた。こんな知らせが嘘のわけがないのだ。こんな悪質な冗談を言う人はいないのだ。絶対に本当だった。絶対に本当なので、大人としてこういう場合は誰か知り合いに伝えなきゃいけないのだ、と思ったけれど、考えても共通の知り合いは久保さん以外に思いつかなかった。そうか、私たちは学校や職場で出会ったわけじゃないから、共通の知り合いがほとんどいないのだ。だから私に情報が届くのが遅かったんだな、とタクシーのなかで気づいたのを覚えている。

真っ暗な環七《かんなな》をタクシーは走り、目的地に着いた。グリーンホールという、銀座には絶対にない、名前からしてすべてがサイディング材で固められたような場所だった。遅くなってしまったのでホールはすでに閉まっていて、顔を見ることはできないということだった。みんなでわいわい仲良くやっていた友達グループのような関係性じゃないから、こういうことも起こる。閉まった施設の前に、黒い服を着た知らない人たちが、悲しいというよりは呆けたような表情で案山子《かかし》みたいに突っ立っていて、小さく挨拶など交わしながら一人また一人と帰っていた。そんななかに私も、そこにいる唯一の知り合いである久保さんといっしょにこわばった形で突っ立っていて、亡くなった理由を、自ら誰かに聞いたのか、誰かがしゃべっていたのが耳に入ったのか、事実か噂か分からないことをポツポツと脳の隙間に差し入れた。だんだん人も少なくなるなか、粘ったところでどうやっても施設には入れないということが分かり、この日に顔を見せてもらえない自らの関係性を恨んだ。

そして、久保さんと、もう一人の思い出せない誰かと、野方駅の近くにあるらしいマックに向かってやっと歩きはじめた。

　私は環七の歩道を、雨宮さんが亡くなったということを、墨汁をどっぷり含ませた大筆で顔面に何度も塗りたくるかのように信じ、また信じ、信じながら一歩一歩進み、人のまばらな深夜のマックに着いたときにはもうそこにいたほかの二人を差し置いて信じられないほど泣いていた。何かを注文してから店の二階にあがって席に座り、泣いてるせいで整わない息に腹を立て、悲しさや思い出を語るわけじゃなく、裏返ってしまう声をどうにか抑えながら、雨宮さんに対する怒りばかりを小汚いマックのテーブルに向かって小声で投げつけつづけた。事故死だと。ふざけるな。ふざけんなよ。ちょっと背伸びして生きるのが楽しい、開き直れたいまのほうが昔よりいい、という態度を示していた人が死んじゃったら、いままで言ってたことがすべてただの強がりってことになるじゃないか。憧れもすべて覆った。ただの虚飾。ただの無理。ただの嘘だ。

ニューオータニの章

翌日昼に葬儀が行われ、その日の夜にはまたラジオの収録があって私はいつもどおりの仕事をこなした。翌々日にはいつもどおりの原稿を書き、午後には毎月国会図書館でやっている調べもの、兼、打ち合わせをこなし、しかし、その後、恐ろしいことに予定がなかった。この二日は朝から泣いて、夜は泣きながら寝ていた。空白の時間が来ると自動的に噴出する汚らしい涙を予定で堰《せ》き止めていたので、困った。

国会図書館からの帰り、ふだんは編集者さんといっしょに有楽町線に乗るのに、永田町の駅の入り口で雑な言い訳をして別れ、どこかに歩いて行きたくなった。薄暗くなった人の少ない千代田区の道をジグザグに歩いて歩いて、文藝春秋のビルを通りすぎ、ひとけのない方を目指してさらに進むと暗がりのなかに華やかな光が現れ、それはホテルニューオータニだった。

ニューオータニは、真っ黒の海のなかに浮いた無人の豪華客船のように見えた。敷地に面した道の、建物から遠いほうの歩道を、ずっとその光を眺めながら歩いた。あのなかに人がいるようには思えず、すぐに壊せる舞台装置のように思えた。

道は相変わらず暗く、そこからお濠の土手にのぼるとさらに光はなくなり、足下も見えない土の道を歩いてゆくと四ツ谷の交差点にたどりついた。四ツ谷の喫茶店「ロン」はすてきなお店だと聞いていたが、入ったことがない。

ロンの入り口の「喫煙可」の表示を見てふと思いつき、隣のファミマで、吸わないタバコを買ってきて店に入った。キツいのをやってもどうせ定着しないだろうからメンソール入りのがいい。ロンの壁際の席に座り、マルメンライトを立てつづけに三本吸った。鼻がツンとした。それでいて、いつもと何も変わらぬ私ですよと自覚させたい気持ちになり、飲みものは甘〜いミルクセーキを頼んだ。本など何も持っていなかったので、スマホで雨宮さんの書評連載「本でいただく心の栄養」を読み、気になった本を心に留めた。

薄い薄い、ほとんど水のような「死にたい」という気持ちに沿うための行動として、タバコを吸う、という程度の悪ぶり方はいかにも小者らしくてよいと我ながら思った。ついでなので、タトゥーについてもスマホで調べてみた。

私が蛇好きだということについて、似合うと言って彼女は喜んでくれ、私はものの拍子に「タトゥーを入れるなら蛇がいい」と言ったことがあった。それもまた非常にチンケな自暴自棄さでなかなか上出来だと思うが、さすがに実行には移さないかもしれない。あとはピアスを増やすくらいだろうか。想像力がどうしようもなく貧困でどうしようもなくチンケだ。

ロンが閉まる時間になったので、出た。またどうしようもなくなり、新宿通りを新宿に向かって歩いた。本人の思い出の場所なんかはどうでもよい。知らないし。そんな近い場所に行ったら終わってしまうように思う。感情がゴールに着いてしまう。だから、遠いところをさまよいたかったが、なんにも思いつかなかった。途中で、誰かを誘ったら気持ちの流れも変わるかもしれない、と思い、ほとんど電話なんかしたことのない、ずいぶん昔に「これは恋愛かもしれない」という感情を持ちつつも結局何もなかった人に勢いで電話してしまった。彼は知り合った時から既婚者だったが、その時点でも友人としての親交はつづいていた。雨宮さんもこんなことをしそうだな、とうっすら思いながら電話をした。しかし、理由を言わずに「突然だけど飲みませんか」と言ってみると、仕事がかなり忙しくて、ちょっと今日はどうしても無理、ごめんね、と優しく断られた。この状況は呆れるほどにさすが私だ、と思った。ここで男なんか呼べるのは私ではないから、これでよかった。

紀伊《きの》國屋《くにや》書店まで大きなアホ面を引っさげて歩いて、さっき調べた本を二冊買った。伊※藤野枝《のえ》、※島尾ミホ、頭がおかしいほどに強く生きた人の本であった。そして、新宿の裏通りをさまよってみたら「バン」という奥深いところにある煙い喫茶店を見つけたので、そこでまたタバコを吸いながら伊藤野枝の本をパラパラと読んだ。

バンも閉まって、二十一時、まだ混んでいない時間だろうと思って二丁目のバー「星《ほし》男《お》」に行った。友人の宗《むね》くんがやっているから、私が二丁目で唯一気楽に入れるお店である。しかし、戸を開けるとびっしりと混んでいた。やや腰が引けたが、とりあえずそこで飲む。関係のない人と飲むと当然関係のない話になり、少し気がまぎれる。そのときカウンターで隣になったのは面識のない男の人で、もちろん私のいまの状況など何も知らずに話しかけてくる。そうだ、それでいい。気がまぎれる。まぎれるが、消えはしない。その人は私が大相撲を好きなことを知っていて、話を合わせてくれたのだろう、そんなに詳しくないと思われる相撲の話をどんどん振ってくれた。私も聞かれたことには答えた。対話が意外と長引き、少しずつ嫌になってきた。私からも話したい。吐き出したい。胃液を吐くように話したい。でも私が話す相手は何も知らないこの人ではない。日本酒を二合。

——隣の彼はまだ相撲の話をしてくれていた。私は眠いふりをしてほとんど黙った。混んだ店内でわざわざ移動する元気もなく、一時間あまりも眠いふりをつづけた。ほとんど中身のないグラスを何度も啜った。その人はついに帰ると言い、上着を着ながら私に対して「もう（眠気が）限界ですか」と言ってハハハと笑ったのでついに私は耐えられなくなり、爆発的に当たり散らしたが、彼に対して怒る理由がまったくないので、「こっちは機嫌が悪いんだよ！」とあまりに率直に感情を大声で発表し、さらに勢いあまって、さっきの会話の内容について怒鳴った。「白鵬の立ち合いがどうとか相撲のことで私を論破しようとすんじゃねえよ！」少し意見が違った程度で、彼は別に論破しようとしていたわけでもなかった。本当にそんなことはどうでもよかった。あまりに些細なことで激怒したので、ものすごくまぬけになった。そしてすぐに泣き、「すいませんそういうことじゃないです。ごめんなさい」と謝った。他人から見ればまったくわけが分からない理由で、大して酔ってもいないのに数秒で感情が上下する頭のおかしい人となった。その人はオロオロして謝ってきた。心から悪いことをした。

　こんなことは過去になかったから宗くんは当然心配し、私も緊張の糸が切れてしまったのでもはや体裁などどうでもよくなり、事情をぼそぼそと、故人の悪口を頻繁に挟みながら説明することになった。

　生きていたときには、生き方や作品に嫉妬こそあれ、悪口を言いたいと思ったことなど

※伊藤野枝　大正時代のアナキスト、女性解放思想家。大杉栄と公私ともにパートナーとなり活動を続けるが、関東大震災後の混乱のなか、大杉とともに憲兵隊に虐殺される。二〇一六年、栗原康による評伝『村に火をつけ、白痴になれ——伊藤野枝伝』が話題になる。

※島尾ミホ　作家。夫・島尾敏雄の不倫を機に精神に変調を来たす妻として、敏雄の代表作『死の棘』に描かれる。二〇一六年、梯久美子による評伝『狂うひと——「死の棘」の妻・島尾ミホ』が話題になる。

なかったが、いまはもうタンクにいっぱい悪口しかない。死にたい死にたいと言って周りの人にさんざん心配をかけ、迷惑をかけ、いつまでも死なない人がいる。それはとてもすばらしいことだ。それに対し、マジメに生きて他人にも真摯に優しく対応し、自分のつらい気持ちは奥底に押さえ込み、結果として死んでしまう。これはダサい。ものすごくダサい。生きたほうがいいに決まっている。心から憧れていた人がその絶対値だけを残してきれいに裏返り、心から見下す対象になった、と思うとまた状況の不条理さに汚い涙がにじんできそうになるが、もうさすがに泣くのは飽きた。

悪口は昨日の火葬についての話に移り、私はイモラルな毒づきをつづけた。一般的な葬式で、葬儀場の人が故人の人生についてポエム風にふりかえるのが嫌だと言っていたのに、昨日の火葬では見事に軽めのポエムを読まれていて、私は「ダセぇ」と思ったんだ。いきなり死ぬからこんなことになるんだ。死んだら思いどおりになんかいかないし、何をされても文句を言いようがないんだ、ざまぁ見ろ、お前はいますさまじく田舎くさくてダサいぞ。

空白の時間にはとめどなく泣いていたのに、棺に入った本人を見たら憎たらしさと情けなさで涙は止まり、睨みつけるくらいしかすることがなかった。手も合わせる気になれない。棺にお花をどうぞ、と誰かに差し出されたのも無言で断った。死んでるやつにやるものなんかない。顔のそばに、著書の『東京を生きる』が置いてあり、花で隠れて「生きる」とだけ見えて、いや死んでんじゃねえかよ、バカバカしい、嘘つき、と思って口の端だけで少し笑ってやった。みんなが綺麗な顔だとか言ってたが、口のなかから綿が見えていてまぬけだった。ちっとも綺麗じゃなかった。

こういうようなことをカウンターでずっと話していた。

怒りをぶつける対象が足りず、葬儀で、棺の周りで悲しんでる人にも腹が立ってきた。しくしく泣いたり、顔に向けて手を合わせたり、別れを惜しんだり、全部よくある芝居に見えてしまい、お前らはこんな状況になっても「大人」なのか、と煮えくりかえっていた。こんな、ゴムを伸ばしまくって遊んでいたら突然バチンと切れたというような死に方について何をお利口に悲しんでいるんだ。ゴムを限界まで伸ばすという危なっかしい行為をつづけながら、楽しいよ、充実してるよ、と言い張っていた本人に怒りはないのか。そういうところに目をつむり、死という平凡な事実だけに的を絞って平凡な悲しみをぶつけられるなんて、器用すぎる。正解の顔をした人が雁首《がんくび》そろえてお別れに納得した涙を流しているように見えて、なんなんだこの世界は、と思った。茶番だ。私以外はすべて茶番なのだ。そう思わないと腹立ちが処理できない。

私は棺からいちばん遠くに離れた。そして誰とも目を合わせないよう俯《うつむ》いていたので、そこに誰が来ていたのかほとんど把握していない。焼香のときも手も合わせず、一つかみを投げつけて終わらせた。遺族にも挨拶していない。遺族ってなんだ。地元の福岡の墓には入りたくないと言ってたけど、こんな早く死んでそれが実現できるのかよ。死んだら何もない。全部人まかせだ。

そんなことを話していた。

ただ歩いていても、要素に時々ぶつかる。好きだと言っていた宇多田ヒカルが流れてきたり、本屋に行ったときにオビに入ってる名前が目に入ったり。そのたびに「いない」ということを考える。

いない世界が襲ってくる。改札でカードをタッチするとき、外でご飯を食べるとき、エレベーターのボタンを押すとき、一つ一つの行為をもうできない世界に行ってしまった人のことを考えてしまう。いない世界になってしまって、いない世界からいる世界にはどうしても戻らない、ということを忘れるために、私は怒る。そうしたら怒る対象が、生まれる。怒りつづけないと、生まれつづけない。悲しいだけになったらいなくなる。怒りつづけ、ときどきうっかり空白になったときに悲しんでしまい、イチからゼロになることへの恐怖にも襲われる。また目盛りを怒りに戻すようにする。

「星男」に人も少なくなり、深夜四時を回るまで私はカウンターにいた。もう途中から酒はまったく飲んでいなくて、温かいお茶ばかり飲んでいて、だから私は生きられる。体が無茶をしないようにできていて、どんどんつまらなくなって、たくさん生きる。だからどうせタバコも定着しないんだろう。タトゥーなんか彫るわけがない。

会った頃のトークイベントでも言ったんだ、お互いにつまんなくなろう、幸せになってダメになろうって、言い合ったのだ。やはり、それだ。それが正しかった。

アークロイヤルの章

タバコを吸うときの気持ちは中学生。身体は全然求めていないのに、わざわざむりやり吸ってみている。吸ってもおいしくないし、なんとも思わない。吸うことにしたんだから吸わなきゃ、といちいち思い出して吸うけれど、どうしたところでまったく自暴自棄にならないのだ。子供の頃から身体が弱いから、無茶しないよう、ストッパーがものすごく強く効いている。

火葬から四日経っても、仕事の打ち合わせで話すことが何も思いつかない。やる気も起きない。あまりに自分が元気がないのをどこかで俯瞰していて、絵に描いたように落ち込んでいるな！　と思って、おならみたいな笑いが出る。

帰り、寄ったこともない神楽坂駅そばの不動産屋兼タバコ屋に寄って（そんなものがあるのだ）、ネットで調べて興味を持ったちょっと変わり種のタバコを三種類買ってみた。ガラム・ヌサンタラ、ダビドフ、アークロイヤル・パラダイス・ティー。

こんなものを吸ったところでクスリみたいに飛ぶわけでもないし、何にもならないのだから意味がない。分かってる。

そして自宅までの道の途中、旧・加寿子荘、現・加寿子マンションの前を通りがかった。私が二十二歳から三十三歳までを過ごした加寿子荘は、私が退去を決めたタイミングで建て替えることになり、完全に取り壊されて、そこには新しいマンションが建っている。その一階には、大家さんだった加寿子さんがいまも変わらず住んでいるはず。

家が近いこともあり、引っ越したあとも私はちょくちょく事前の連絡もなく思い立っては訪ねていって顔を見せ、旅のおみやげなぞを渡していたのだが、それもなんとなくとぎれとぎれになってしまっていた。記憶をたどって思い出してみると、なんと二年ほど加寿子さんに会っていない。

会うならこのタイミングだろう、と不意に思い、以前のように、また何の連絡もせずチャイムを押してしまった。加寿子荘のときのようなブザーではなく、いまはもうインターフォンになっている。

スピーカーから、「はい」という加寿子さんのか細い声が出てきた。まだこのお家にいらっしゃることにまずは一安心。しかし、こちらが名乗っても、どうも反応が微妙だ。名前に心当たりがない……という感じ。

しばらくして玄関先に顔を出した加寿子さんに対し、私は改めて名前を名乗ってみた。

昔住んでいた者です、とも言ってみた。しかし、加寿子さんは顔を見てすら思い出せない様子だった。そんな方いらしたかしら……ごめんなさいね、うーん……。そう言われて私も必死になる。お風呂のある部屋に住んでまして。あの、奥の。十年ほどいたんですけどね。よくあの、前はおみやげとか持ってきてて。

加寿子さんももう九十歳で、老人性のナントカなのかもしれない、でも……勘弁してほしい、忘れてしまわないでほしい。

しつこくいろんなことを話していたら、「あー、あのときの！」という感じもなく、じわじわ、と思い出してきたみたい。「思い出せない」から「思い出した」への展開が劇的ではないところに奇妙な雰囲気があったけれど、ともかくも思い出してもらえたことにホッとする。

「ここを出て、あの、喫茶店のところに越して、それで、そこから柳町のところにいらしたのよね」

そうですそうです。ああ、完全に思い出してくれた。

「それで、また引っ越しなさったの」

そうなんです。今回ここに来たのは、名目上は、引っ越しましたという連絡のためです。私は加寿子荘を出て以来、どこに住んでも部屋に不満を感じてしまい、二年間の賃貸契約の更新を待たずに近場で三回も引っ越していたのだ。

「喫茶店のところにいらしたときはね、よく来てくださったんですよ。おみやげなんか持ってきてくださってね」

ん、どこかおかしい。

私に対して「あのへんにいらしたのよね」と言うと同時に、「以前はよく来てくださったんですよ」と言う。ときどき、私のことを別の人として私に伝えている感じで、境界がモヤモヤしている。

加寿子さんのなかで、かつての私といまの目の前の私が、ほんの少しだけ一致していない。完全に一致していないわけでもないところがなおさら不思議な感じだ。

でも、いい。そんな細かいことはもういい。

話しながらも、顔つきが全然変わっちゃったから分からなかった、うふふ、としきりに繰り返す加寿子さんは、最初に顔を見て思い出せなかったのが恥ずかしいのかもしれない。お若くなられたでしょう、などとおっしゃるのも、顔がいまいちピンと来なかったことへの言い訳のような気がする。

部屋が散らかっているから、と言って加寿子さんは珍しく部屋に入れてくれなかった。引っ越したという連絡以外は特に用もなかったため、会話の内容は同じことの繰り返しになり、ずっと玄関先で立ち話をさせるのも悪いので、適当なところで私はおいとますることにした。

加寿子さんは以前と同じようにやはり曲がり角を曲がるまでずっと玄関から見送ってくれて、私はまた気持ちがギュッとなってしまった。


私が加寿子さんを好きであるのはまちがいない。加寿子さん当人と、この土地と、かつての建物、環境、すべてへの執着がとても強い。好きな人や場所には、いつまでもそのままであってほしい、好きな人やものはずっと私の好きなような形であってほしい、と私は勝手に願ってしまう。

この感情は世間一般の常識からして恋愛と呼べるわけがないけれど、一つ一つの要素を見ると、これと恋愛との境目なんてどこにあるのか分からなくなってくる。かつて、私が加寿子荘のことを友人に語っていたときに「のろけてるみたいだね」と言われたけれど、この言葉はまさに核心を突いている。ほぼ恋愛なのだ。

そして、加寿子さんは少しずつ変わってしまっている。私の一方的な好意に対し、返すものがなくなってきている。

このままでは私はいずれこの状況を受け入れられなくなり、勝手なさみしさやいらだちや、わがままな気持ちを募らせるのが必定《ひつじょう》となるだろう。自分には恋愛なんて分からないと思っていたけれど、このわがままさはやはり恋愛同然じゃないか。見事なはまりぶりだ。こんな自家中毒的な一喜一憂はやめたい。

私は、雨宮さんのことも確実に好きだった。会うたびにとても心が沸き立ったし、いっしょにいて嬉しかったし、元気で生きていてもらって、美しくあってほしい、同業者として常に私より先に立ち、手本のようでいてほしい、と勝手に思っていた。完全なる執着である。これももしかしたら恋愛だったのだろうか。

雨宮さんが亡くなってからしばらくして、私は重い腰を上げ、あのとき棺に入れてあった雨宮さんの著書『東京を生きる』を読んでみることにした。きっとあまりいい印象を抱けないだろう、と半ば予感しながら、その不快さを確かめたかった。

それは予想を裏切らずグロテスクなものだった。男に飢え、セックスに飢え、田舎を憎んで東京を愛し、野心に燃え、欲望に燃えた果ての死を思う、生々しくて愚かな気持ちがそのままの言葉で語られていた。

「我慢して生きるくらいなら、不幸なまま死んでやる」だと。

私たちが誓い合った、「つまんなくなって、幸せになってダメになろう」という言葉とは正反対のことがたくさん書いてあった。共感するところがこれっぽっちもなかった。

読めば読むほど、憧れや羨望の気持ちは生ぬるい体液になって私の尻の穴から漏れ、それでも読むのをやめることはできず、漏れ出た液はそのうちカピカピに乾燥していき、飛んでいってしまった。

雨宮さんは、作品のなかではめちゃくちゃにドロドロした部分を出していたけれど、ふだんの会話は品があって控えめである。不特定多数が見るSNS上ではそれ以上に優しく穏やかで、争いを好まなかった。ツイッター上ですぐにケンカを買ったり、ネガティブな気分を平気で吐き出したりする私とは好対照だ。

私はいつか別の友達に、そういうところで感情を出せるのは偉いよ、と言われたことがある。そのときは単に感情を抑えきれない幼稚なふるまいを賞賛される意味がまるっきり分からなかったけれど、ふとその言葉を思い出し、理解できたような気がした。効率的にストレスを解消することがどうしてもできない人から見れば、私のほうがきちんと感情を主張していて「偉く」見えるんだろう。

『東京を生きる』を読み終えたときには、あんなに輝いているように見えた雨宮さんより、私のほうがまったくマシだったじゃないかと思えるに至った。

恋慕の情って、一旦醒めるといままでのことが嘘だったようにひとかけらも情が残らず一切どうでもよくなったり大嫌いになったりするものだと聞くけれど、ちょうど、ほとんどそんな気持ちになり、そのことで却って雨宮さんへの気持ちはやはり恋愛だったのではないかと思えてきた。

私は彼女のことが大好きだったが、彼女は私の気持ちほどには私への執着もなく、なにしろ私が思ったような人であってはくれなかった。そのことが決定的になったのだ。

私は非常に勝手なこちらの都合でとんでもなく空しくなり、あれだけの怒りは、同じ絶対値のなげやりな気持ちに変わった。

ああ、私も彼女も、なんて勝手なんだ。人に勝手に期待し、勝手に裏切られた気分になり、勝手に失望して泣いたり死んだりして、まるっきり子供じみていた。なんてバカバカしい心の動きだろうか。改めて強く思う、なんでこんな幼稚な、人を愚かにさせ、視野を狭くさせる感情を世間は称揚しているのか。紙が破けんばかりの筆圧で心のなかに書きつける。二度とこんなことするものか。

雨宮さんが亡くなって一年半くらい後だったろうか、アイフォンを買い換えてデータを移し替える作業をしているとき、私はうっかり操作を誤り、ＬＩＮＥの会話履歴がすべて消えてしまった。

　バックアップもなかったため、雨宮さんと交わした、服のこと、アクセサリーのこと、恋愛のこと、仕事の愚痴、気に入らない人たちのこと……、ＬＩＮＥでの長々とした会話は一瞬にして世の中から永久に消えてしまった。

　いまはそれでよかったと思っている。

　結局私は、あの会話のあと、加寿子さんにも会っていない。タバコももちろん、もうまったく吸っていない。

サダハルアオキの章

雨宮さんが急に亡くなったとき、私は「結婚」計画のさなかだった。アキラと「結婚」を前提とした疑似カップルとなり、週一くらいで家に遊びに行きはじめたちょうどその頃だった。

しかし、友人が亡くなるという非常事態に際して、アキラの顔はまったく思い浮かばなかった。

すがりたいとか、しゃべりたいとか、思いつきもしなかった。

おそらくアキラもこのニュースは知っているはずだったけど、アキラからも私を思いやるような連絡は一切入らなかった。

これは私にとってとても理想的なことである。あからさまに依存したり慰め合ったりするような関係にはなりたくないと思っていたところに、見事なタイミングでいちばんの精神的危機が訪れたため、実践的に確かめた形となってしまった。

火葬から数日経ってやっとＬＩＮＥを送り、ショックだしちょっとパニックになっているということはふんわりと伝えておいた。もちろん心配してほしいわけではなく、会ったときに暗かったり様子がおかしかったりする可能性がある、と念のため言っておきたかっただけ。


私はだいたい毎週木曜日にアキラの家に行くようになった。

神楽坂界隈の喫茶店などで書きものの仕事をして、ほどほどのところで切り上げ、地下鉄に乗って、二十二時前くらいにアキラの家に到着。二十三時半までやっている銭湯に二人ででかけ、さっぱりして帰り、ちょっとしたごはんを作ってもらう。キッチンが一階、リビングが二階にあるおかしな構造の家なので、何か作るたびに狭い螺旋階段をのぼって二階に届けてもらわないといけない。時折私が下まで取りにいったり、逆に効率悪いからとアキラにそれを断られたり。

アキラは料理がヘタだと言い張っていたけれど、私という作る相手ができたせいか、どんどんいろいろなものに挑戦していく。

フライパンで作る鉄鍋風餃子は焼き加減もちょうどよく、パリパリ具合が実においしい。ある日は「専用鍋付きで具も調味料もついてるセットがあって、すごい安かったのよ」と言って、パエリアセットを買ってきて初めてパエリアを作り、せっかく鍋があるからとその後も何度か作って、すっかり得意料理となった。どちらも、めんどくさがりの私は絶対に作らないような代物である。

料理をしないぶん、私は気まぐれでたまに高級食材を持ち帰る。あるときは旅行のおみやげとして、ツナ缶程度の大きさで一つ四千円もする礼文島《れぶんとう》のウニの缶詰を買って帰った。アキラに食べてほしいというよりも、ほぼ自分が食べたいがために買ったもの。

しかし、値が張って一人なら購入をためらうものも、誰か自分以外にも食べる人がいるという言い訳をすれば買うためのハードルがものすごく下がる。ウニ缶は猛烈においしいけれどとても濃厚で、二人で一缶食べきるのがたいへんなほどだった。存分に堪能。

私たちの「結婚」は、まさにこういう「効率」のためのものなのだ。

誰かのために、一人じゃ作らない料理を作る、誰かのために一人じゃ買わない物を買う。

晩ごはんが終わると、私は二階のこたつか三階のテーブルでうなりながら週刊文春の連載のネタをひねり出し、文章を書き進める。「今週は何のネタにするの？」なんて声をかけられるのも、一人の仕事場では起こりえないこと。

そして、アキラが二階、私は三階に別れて寝る。

翌朝は、「朝食はパン派」のアキラにしたがって、焼いてもらったパンや目玉焼きをいただく。

その後、私は午前のどうでもよいテレビを眺めてダラダラしてから自宅に戻るなり、仕事の現場に行くなりする。アキラも、洗濯をしたり、最近急に集めはじめた大量のバラの鉢に水をやりに屋上に行ったりと忙しいのだが、時にはわざわざ私の荷物を持って駅まで送ってくれることもある。まったく体験したことのないレディーファーストぶりに、当初は度肝《どぎも》を抜かれてしまった。アキラは恋愛対象としては女性に一切興味がなく、実際に女性とは一度もつきあったことがないのに、ごく自然にこんなふるまいをしてくれるのが不思議だ。

十二月三日はアキラの誕生日なので、バースデーケーキを買ってアキラ邸に向かった。小さめのホールケーキサイズの、サダハルアオキ※で買った四角い黄色いチーズケーキ。プレートには、シャイニーゲイに抗うアキラに当てつけて「アキラ・シャイニー」と書いてもらう。アキラは特に決まったパジャマを持っておらず、Tシャツや甚平などで寝ているので、誕生日プレゼントとしては暖かい部屋着をあげようと思った。ちょっと前にフライングタイガー※で見かけた虎柄のつなぎのパジャマが話の種としてもおもしろそう。夫婦(仮)のお揃いのものとして二着買った。

直方体のケーキのキレイなカットを眺めながら、ずいぶん前、バレンタインの日に相磯さんに手作りチョコレートケーキを贈ったことを思い出す。ケーキ屋さんのケーキのほうがおいしいに決まってるんだよね。心からそう思う。

アキラの家の二階のこたつできちんとケーキにろうそくを立て、電気を消して。つなぎのパジャマを着てもらって。二人でのしっかりした誕生日パーティです。

これはそもそも「擬似」である。「結婚」はもちろんのこと、おつきあいや半同棲、神田川よろしくカップルみたいに銭湯に行くこと、すべて擬似のはずだ。キスの写真なんかをアップしたのは擬似の極みである。しかし、毎週同じ部屋でダラダラとスマホを見ながら過ごしていること、そして誕生日プレゼント、誕生日パーティ、もうここまで経験すると、「擬似」の意味が分からなくなってくる。アキラも一連の誕生日行事に腰が引けることもなく、それなりに楽しそうに受け入れている。

こんな生活を知人に報告すると、やはりというか意外にもというか、「恋愛（というかセックス）に発展するんじゃないの？」などと言われることが時々あった。

もちろん、そんなことが起こるわけがない。半同棲生活となってからは、私はアキラを

※サダハルアオキ　パティシエ青木定治が手がけるパティスリー。和の素材を組み込んだフランス菓子が人気。正式名称は「パティスリー・サダハル・アオキ・パリ」。
※フライングタイガー　デンマーク発の比較的安価な雑貨店チェーン。ポップでカラフルなデザインが特徴。二〇一一年、日本進出。正式名称は「フライングタイガーコペンハーゲン」。

話題にするときにあえておもしろがって「夫（仮）」という呼び方をするようになったものの、夫（仮）であろうとフケ・デブ専のゲイである。こうして家に通うようになってからも、彼も私も、お互いをまったく性的対象と見ていない。

私の究極の理想は、「恋愛のない、幸せな結婚生活」を築いた上で、あわよくば別の人ともときどき薄っぺらくて先のない恋愛っぽい関係を持ち、私の少女漫画止まりの心を満たす、ということである。だから、実態はともかく、形としては「不倫」が最終目標になるんだろうな。

夫（仮）はちょくちょくハッテン場に行っているようなので、ある面ではその目標を果たしている。うらやましい限り。

週に約一回の訪問日以外は、もちろんいままでどおり、一人暮らしの部屋にいる。

最初に加寿子荘に住んだときは風呂ナシの部屋で家賃が四万円だったけれど、じわじわと仕事が増え、収入も上がった。仕事場兼自宅として借りているこの神楽坂のマンションの家賃は十八万円もする。私の感覚では、この規模は十分に大金持ちである。持て余すほどの巨万の富である。あの頃からは想像もつかない。

それなのに、暖房がエアコンしかないこの部屋は、いくら設定温度を高めにしても寒い。

冬のあいだ、ずっと酷寒なのだ。

思えば私は一人暮らし開始以来、冬あたたかい部屋に一度も住んだことがない。きっと暖かくする手段はいくらでもある。別の暖房を買い足すなり、部屋着を工夫するなり、温かいものを飲むなり。

しかし、私は一人暮らしの自分にそんなことをしてやるつもりがまるでない。料理をまったくしないから冷蔵庫にはほとんど食材もないし、お茶一杯すら淹れる気にならない。そうして体の芯から冷え切った状態で、しんとした自宅で夜中に仕事をしていると、まだあの日から間もないし、すぐ雨宮さんのことも頭に浮かび、具体性のないふつふつとした怒りや消化できないビニールのような虚しさが胃の底でうごめき出す。頭の働きが暗い方へ暗い方へ進み、ギアが膠着《こうちゃく》しかける。

このあいだ私は、タイトルの奇抜さもあってヒットしている小説『夫のちんぽが入らない』[※]を手に取った。

私たちと内情がまるで違うとしても、大枠としては「さまざまな問題をかかえる夫婦の話」ということで、もしかしたら何か近い部分があるのかもしれない、と興味が湧いたの

※『夫のちんぽが入らない』 こだまによる自伝的作品。夫との性交渉が不可能なことを軸に夫婦の在り方を描く。二〇一七年、扶桑社より刊行。

だ。ところが、これもよくなかった。

読んだ・観たことで心の根深い部分が悪い方向に刺戟され、人生観を揺るがされるショックを受け、この世から消え失せたいという気持ちを倍加させるような作品を、私は「逆ツボにハマる作品」と呼んでいる。これはまさに逆ツボの類だった。

高校生くらいの頃から、生に執着しない気持ちがうっすらと心の底に澱んでいる。積極的・具体的に死のうとしたことがあるわけではなく、正確に言えばいつでも「明日事故に遭って死んでも未練はない」というくらいの感覚。たとえば三日後に楽しみなことがあるからそこまでは生きよう、なんて思うこともなく、どんなに楽しみなことが控えていても、明日うっかり死んじゃったらそれはそれでいいや。という、茫洋とした諦めがある。

この思いはどんなときも揺らがなかった。こうして大した希望を持たずに生きていることは、世間との折り合いについて悲観的に考え、すぐ絶望してしまう私を守る一つの方法だった。

ずっと消えないこの感覚について、私はそれをコンプレックスとも、克服すべき問題とも思っていなかった。むしろ、積極的に死のうとしたことがないだけ私は十分に幸せな部類ではないかと思っていた。特に最近は半同棲生活のせいか、自分の不幸さをわざわざ多めに数えて絶望に浸る回数は明らかに減り、「いつ死んでもいいや」という感覚さえ忘れそうなくらいで、自分はかなり幸せなほうではないかとすら思えていた。

しかし、『夫のちんぽが入らない』は、視野の狭い主人公が、自らの主観的な不幸にどっぷりと浸かってその感覚を疑いもしていないように見えた。彼女の感情は極端に平凡か、感情描写が極端に省略されており、何らかの珍奇な感覚や性指向によって悩む様子は見られない。彼女が深いコンプレックスを持っているのは確かだろうけれど、男が女である主人公を愛してくるという「常識的恋愛」に対しては違和感のかけらもなく、セックスという行為それ自体についても何らかの疑問を抱く様子もなく、私には世間を支配する圧倒的多数の「常識側」に完全に与《くみ》した状態で物語が展開しているように見えた。夫とのセックスは確かに物理的な理由でうまくいかないようだけれど、ほかの男性とのセックスについてはすんなりと遂行しており、その背景にある心理の説明も私にとっては不十分だった。

つまり、彼女は世間の「当然」や「常識」と折り合いをつけるための「擬似」を知りもしないように見えた。

やはり私のやっていることは擬似なのだ、と改めて鮮烈に自覚する。

私は寝ても起きてもずっと擬似をやっている気がする。本物の「当然」や「常識」に、私はどうやっても一生手が届くことはない。

こういった逆ツボの作品は、明るく楽しい顔ではなく、精一杯悲しそうな顔をしてやってくる。そして、私の前で、らくらくと常識的な生き方をしてきたうえでの悩みをたくさん開示し「私はこんなに不幸なんですよ」と主張してくるのだけど、そんなものに対峙すると私の被害者意識はパンパンに膨らむ。もっと手前の部分でさんざん躓《つまず》いている私がせせら笑われているように聞こえてしまう。私は本を読み終え、そのまま空中に一瞬の血の霧として消えたくなった。

誰かと暮らしていれば、こんなことを考えてしまう夜中の隙間を物理的に埋めることができる。

有益なる「無駄な会話」や、眼前を横切る他人の物理的動きによって、消えてしまいたい気持ちに浸かってぬかるむ時間が強制的に平らかにされ、ぺっとりとした日常生活が展開される。

そのための「結婚」なのだ。

アキラも一人の夜に「みね子がいたら目の前のサンマ焼く気になるのに」などとツイートしていて、無益にダラダラしている様子がネット越しに分かる。求めるものがおおむね一致している。これですよ、このための同居。

ハーゲンダッツの章

夫（仮）の家のお風呂を直したい、いや、お風呂を直すくらいならいっそ思い切って改装したい、という計画についても着々と進めることにした。

現在の夫（仮）の家は、一階にキッチン、ダイニング、壊れた風呂、トイレ。二階にリビング、押入れ、トイレ、手洗い場がある。

この広さの家にトイレは二つ要らないし、一階で料理をして、狭い螺旋階段を通って二階に運ぶのもとても効率が悪い。しかも建物が住宅密集地にあるため、一階はほとんど日が当たらない。

こんな不満点をまるごと改善するため、一階はトイレと洗面所と風呂のほかは納戸《なんど》として使い、二階にはカウンターキッチンを設置してトイレと手洗い場と押入れはすべて取り払い、広いリビング＋ダイニングにする、という案を考えた。夫（仮）は「トイレは二個あったほうがいいのに」とか「料理を上に運ぶのも好きだったのに」とか、効率の悪い部分への未練をつぶやいていたけれど、ここだけは遠慮せず、私の案で強引に推し進める。

「星男」の内装を手がけた建築士のへいちゃんとは「星男」のお客同士として知り合っていた。彼に久しぶりに会ってこの案を相談してみると、さらに斬新な案を加えてくれた。通りに直に面している形の玄関を内側に押し込め、玄関の引き戸を開けたところで雨を避けられるよう、屋根のあるポーチを設ける。すると、通りからも家のなかが丸見えにならずに済む。ポーチの部分には自転車も置けて使いやすい。とても魅力的。

二人でへいちゃんの事務所に出向き、3Dモデルで家の完成予想図を見せてもらった。通り側から玄関にかけて入りこむ壁がやわらかなアールを描いていて美しい。この曲面には細かなタイルを貼るらしい。

トイレを両方残すことなど、私から見れば非効率的なこだわりを諦め切れていなかった夫（仮）も、こうして少しずつことが進んでゆくにつれてどんどん乗り気になってきた。夫（仮）はネットサーフィンで、バラのショッピングサイトに加えて壁紙や部材や家具のサイトを巡回するようになっていった。私たちは同じヤフオクの画面を見ながら、居間の引き戸にアンティークの扉を入れられないかと検討してみたり、二階にも嵌め殺しの窓を作ろうといってこれまたアンティークの色ガラスを探したり。

同時進行で、屋上にはまだまだバラの鉢が増えていく。春になって少し暖かくなると、夫（仮）はここをさらに快適でキュートな場所にしようと、板材を買ってきてペンキを塗って組み立て、カラフルなテーブルを作った。

「あのぉ、パーゴラは手伝ってくれない？」

珍しくヘルプを頼まれた。パーゴラとは、蔓性植物を絡ませるための棚のこと。二人で組み立てて、以前からあったベンチをまたぐように据えつける。

心地よく晴れた日の朝、フレンチトーストを焼いた夫（仮）は「天気がいいから今日、屋上で食べない？」と提案してきた。

シャビーなテーブル、夫（仮）がイケアで買った安っぽいけどカラフルなプラスチックの皿。そこにフレンチトーストと櫛形に切ったオレンジをのっけて、螺旋階段を息を切らして上がり、屋上に通じるドアを開けると、ああ空が広い、郊外のこのあたりは高い建物が少ないのだ。バラに囲まれたまぶしい食卓で遠くを眺めると、おもちゃのロボットみたいなかわいい顔をした新岩淵水門が見える。

新しい日常が少しずつ、細胞分裂するようにできあがっていく。押し潰れてゲル状になっていたような自分の生活の一つ一つが粒立ち、生命力を帯びてくる。

六月、私たちはタイとラオスに、一週間ほどの海外旅行に出かけることにした。擬似新婚旅行として。

夫（仮）はお金がないと言いながらも頻繁に逃げるように海外に飛んでいる。もうそろそろどっか行きたいからせっかくだからいっしょに行かない？　と夫（仮）のほうから誘ってきたので、そりゃもう快諾である。

彼はいつもLCCを使い、一泊千円を切るような宿に泊まっては観光したりハッテン場に行ったりして、海外慣れしている。語学力や対応力に自信がない私としては大変ありがたい。とはいえ一泊千円はさすがに不安なので、お金出すからちょっといいとこ取ろうよ、と私が提案すると、今度は夫（仮）のネット巡回先にホテル関係のサイトが大量に加わった。夫（仮）が次から次へとプレゼンしてくれる宿は、古い学校を改装した造りだったり、気鋭のイラストレーターが内装を手がけていたりしてどれもかわいらしい。宿代もそんなに高いわけではなさそう。

いくつもの候補のなかからステキなホテルを厳選し、私たちは東南アジアに飛んだ。バンコクのメゾネット型のホテルに泊まって自転車で遺跡をまわるツアーを楽しみ、ラオスに飛んでルアンパバーンのナイトマーケットで三階の和室に吊すカラフルなランプシェードを買い、ブルーピーの鮮やかなパンナコッタを味わい、カフェやお寺でお互いの写真を気まぐれに撮り合い、薬草サウナに入り、またバンコクに戻って開放感のある宿に泊まり、マンゴースティッキーライスを何度もたいらげた。

旅程のラスト二日は完全に別行動を取り、私はサイアムスクエアや※マーブンクロンセンター※といったモールを歩き回ってアクセサリーや服を買い込み、夫（仮）はハッテン場で乱れ咲くオヤジたちの性をむさぼり楽し……みたかったが、モテずに微妙な戦果に終わったらしい。

まったくケンカもせず、終始楽しく遊んで、仲よく無事に帰ってきた。

夫（仮）のことをちょくちょくツイッターなどに書くためか、この頃、中途半端に情報を知った人による「能町さん彼氏できたんですね。どうりで最近綺麗に云々」などという手垢のついた文言を時折見かけるようになった。

複雑な気分だ。

確かに、男と楽しく旅行に行ってるさまがSNS上に流れてきたら、前後の文脈を知らない人はノロケ的な行為だと感じるだろう。いちいち「『結婚』と言い張ってはいるけれど、相手がフケ・デブ専のゲイライターであるため性的関係と恋愛感情が一切ない」と説

※サイアムスクエア　タイ・バンコク中心部にあるショッピングモール。最先端のセレクトショップなどが立ち並ぶ。隣接するサイアムパラゴン、サイアムディスカバリーとともに、タイにおける巨大な流行発信地となっている。
※マーブンクロンセンター　タイ・バンコクにある七階建てのショッピングモール。サイアムに比べて非常に雑然としており庶民的で、上野「アメ横」のような雰囲気。

明するのは面倒にもほどがある。

私は以前から、「夫にこんなに愛されています！」という直截《ちょくせつ》的な話ではなく、何気ない日常語りのなかにきわめて自然な形でパートナーへの信頼とか思慕の情とかが勝手に漏れ出てきてしまっているものがいちばんのノロケだと思っていた。

自分がドジをして夫にこんなことを言われちゃいましたとか、夫がこんなマヌケなことをしましたとか、「〇〇ってとてもおいしいですよね。私の夫もすごく口に合ったみたいで……」と、食べ物の話題からいつの間にか主語が移行したりとか。

ノロケのつもりもなく為されているそういう場面に出くわすと、その人が世界を全面的に肯定しているように感じて圧倒され、いつも断絶を感じていた。

しかし、私はいまや夫（仮）がいる状態である。私が夫（仮）の何気ない話をするさまを、過去の鬱屈した私が他人事として聞いたなら、おそらくしっかりノロケに聞こえるだろう。ごく一般的な意味での夫婦間の愛情が存在しないところにも、ノロケは成り立つのかもしれない。

しかし、私たちには性愛や嫉妬が存在しないので、次のようなことも起こりうる。

――私は夫（仮）と過ごすことが多くなったので、彼の好みが少しずつ分かってきて、太ったおじさんを見るたびに「夫（仮）が好きそうだな」「夫（仮）のイケメンだな」と思う癖がついてしまいました。私までそういう太ったおじさんに対するセンサーが鋭くなり、夫（仮）が好みそうなおじさんを見かけると、画像を送ってあげるようになっちゃいました――

この事実は私と夫（仮）の親密さを十分に示すエピソードとなるけれど、同時に夫の恋愛や性的活動を応援している形になる。さて、これも過去の私にとってはノロケとなりうるんだろうか。

大いなるねじれが生じている。私は、かつての私に挑戦しているのかもしれない。

へいちゃんとの打ち合わせも着々と進んでゆく。

外壁の一部を抜いて二階の窓を大きくしたい。

アンティークのドアに似せて、洗面所とトイレのドアに八角形の穴を開けて色ガラスの窓をつけたい。

ドアの取っ手部分だけ、ヤフオクで買ったノブをつけてほしい。

……私たちの希望をへいちゃんに片っ端から伝え、現実的なプランに落としこんでいく作業はとても楽しい。しかし、いろいろのっけてのっけていくと、改装費は当初の予定の三倍以上にふくれあがり、建物の値段を超えてしまった。

さすがにおじけづいた私たちは、壁を塗ったり壁紙を貼ったりするのを自力でやることにして節約を考えた。これも共同作業といきたいところだったけれど、豊富な経験のある夫（仮）はそれを拒否してくる。

「壁塗りの九割は養生とパテ塗りとヤスリ。だから素人にはできない。ペンキを塗るのは最後の一割で、楽しいから一人でやるの。手伝うことなんかないから」

なるほど。専門家がそう言うなら、任せることにしますね。

綿密な打ち合わせや業者の選定を経て、北区のアキラ邸の改装はいよいよ九月に始まることとなった。三階と屋上は手をつけずに残すけれど、トイレはすべて解体してしまうからしばらく生活はできない。

ふだん使わないけど残しておきたいものは三階に詰め込み、生活に必要な最低限の服や下着は神楽坂の私の部屋に運び込んで、改装が終わるまでの一か月ちょっと、私と夫（仮）はついに神楽坂で同居することになった。

いま私が借りている部屋は翌年二月いっぱいで契約更新の時期となるので、そのタイミングで解約し、改装した北区の家での本格的な同居は三月にスタートさせることに決めた。業者による改装の完了から私がいまの物件を解約するまでの約四か月は夫（仮）が一人で北区に住み、自力でやると決めた壁塗りを完成させてもらう、という計画である。

私が仕事で使う大きなテーブルや大量の書籍はとても北区の家には入らないし、長年住みつづけた神楽坂界隈にも未練があるので、私は新たに神楽坂で仕事のための物件を探すことにした。通いやすい場所にいい部屋が見つかるといいな。

いよいよ改装開始となる前日、「少しずつ進めるつもり」と言っていたアキラ邸の荷物の整理がどう考えても進んでいない様子だったので、片づけの手伝いに行った。しかし、お世辞にもきれいな家ではないし、何が要るのか要らないのか分からないので、どこまで勝手にやっていいものか。

週一でここに通っていたあいだほとんど触れたことのなかった台所の棚とか、ほこりまみれの据えつけ戸棚なんかをおそるおそる開きながら、いろんなものをゴミ袋に入れていく。途中、賞味期限を年単位でオーバーした未使用の茶葉を捨てようとして、ちょっと怒られた。まだ飲めるということらしい。基準が難しい。

台所の棚の下からは、腐りすぎて炭化したようなバナナが発見された。

「あーこれだったのね。最近、水回りを掃除してても小蠅がやたら出てきてなんでだろうと思ってたのよねえ」

サラッと言われてだいぶ気持ちが萎えた。結局片づけを手伝いきれず、仕事の打ち合わせのため私は中途半端なところで家を出てしまった。きっと今晩、夫（仮）は徹夜だろう。もともと大改装しようと言ったのは自分なので、大がかりに荷物を整理させることに罪悪感が芽生え、同居計画に賛成しなければよかったと思われないかな、とちょっと心配になる。

翌日の金曜、かなり早起きして朝七時から喫茶店に行き、週刊文春の原稿をさっさと仕上げ、睡眠不足にあえぎながらまた北区の家へ。午前中には改装の業者さんが来てしまうのだ。

おそるおそる到着すると、夫（仮）はかなり無理したようで、ほとんどのものをしっかり三階に上げてぎゅうぎゅうに詰め込んでいた。幸い完徹ではなく、三時間くらいは寝たとのこと。

十時頃に改装業者さんとへいちゃんが来て、まだ終わりきってはいない片づけと同時進行で部屋の状況を見てもらい、冷蔵庫、洗濯機、レンジなど、処分したいものを持って行ってもらった。ついに何もなくなった昼間の部屋で、私たちは外壁タイルのサンプルを眺めたりしてしばらく半寝で過ごし、そのうち軽トラで業者さんが戻ってきたので、夫（仮）はでっかいリュックサックにまとめておいた最低限の荷物を背負い、二人で北区の家を出た。

近所の中華料理屋で台湾ラーメンセットと台湾まぜそばをそれぞれ食べ、地下鉄で神楽坂の我が家へ。我が家も人が来るための片づけなどまったく済ませてなかったけれど、そういう世間体だのええかっこしいだのが打ち消される一年を過ごしたように思うし、もう何を見られてもいいやと思って、家にそのままご案内となった。

二人で、居間とも呼べないテレビがあるだけの部屋に腰を下ろし、私がいつもどおり大相撲を見ているうちに、夫(仮)は眠くなったってんで、お昼寝。

大相撲中継が終わった頃、私はラジオの仕事があったために彼の足をベチベチ叩いて起こした。ちょっと寝ぼけて一瞬ここがどこやら状況が把握できなかったようで、かなりびっくりしていた。

私は地下鉄でジェーウェーブ[※]へ。きれいなスタジオでリカックス[※]さんとお話しして、せっかく六ヒルまで来たので、帰りがけにおしゃれなパワーサラダを二人分買った。もうすぐ帰るとLINEを送ると、彼は屋上のバラの水やりを忘れていたので一旦北区の家に戻ったとのこと。二十一時過ぎに江戸川橋駅そばのコモディイイダで待ち合わせ、晩ごはん

※ジェーウェーブ　J-WAVE。東京のFMラジオ局。六本木ヒルズ三十三階にスタジオを構える。音楽番組を中心に構成され、日本語と英語のバイリンガルがナビゲーターを務める。

※リカックス　Licaxxx。DJ、ビートメイカー、ラジオパーソナリティ。二〇一七年八月から十二月まで、J-WAVEで『JOURNAL STANDARD / FIND ONE STYLE』を担当。

の買い物。

ここから二人での「生活」は始まった。スーパーで二人で買い物をしているとき、なんだか始まったなあ、と思ったのだ。

さすがにへとへとに疲れているので料理はしたくないし、させたくない。ピオーネ、豆乳、納豆、茶、ビール、やたら安かった秋刀魚《さんま》弁当。

テレビの部屋で、文机《ふづくえ》に乗っかった物々を寄せてむりやりごはんを食べるスペースを作る。二人で同じ弁当を食べ、夫（仮）はビールを飲む。便宜上ビールと呼んでいるけど、いわゆる第三のビールである。私は家でビールを飲まない。家でビールを飲む人が、私の家にいるな、と思う。

そのあと、夫（仮）は洗い物だの何だのを全部やってくれてしまった。私はいつもの寝室に引っこみ、夫（仮）は私が夏用に買った薄めのベッドマットをテレビ部屋に敷き、別々に寝る。

翌朝は、ごはんをなにやら作ってもらって食べた。文机は食卓としては低すぎて、私はソファーに座りつつも皿などを手に持ったまま食べるしかなく、安定しない。夫（仮）は床に直に座る。ちょっと申し訳ないけど、ソファーよりはそのほうが居心地がいいらしい。

私は午後に用があり、まだこの家に二人でいることへの落ち着かなさもあって、早めに家を出る。夫（仮）は半年ほど前から勤めている北区の家のそばのパート先に地下鉄で通うことになった。午後の仕事の用を済ませ、喫茶店で多少の原稿を書いてから帰ると、そのあとに夫（仮）がパートから戻ってきた。

夜、二人でテレビを見ながら、夫（仮）が買ってきてくれたお惣菜などを食べる。

食事なんて、一人だったらパソコンの前でモソモソ済ますもの。いや、最近は自宅に食べ物を持ち帰ることすらないので、外食で黙々と済ませるものだった。まだたった二日だけど、ずいぶんと家で食事をしている気がする。

月曜は、朝から取材で出かけた。非常に暑い日で、帰りにハーゲンダッツを買って帰った。

ハーゲンダッツ買って帰ったらちょっと喜ぶかな、などと思うのだ。

夫（仮）は、自分の家ではそんなにやらないのに、元が新しくてきれいな他人の家なら掃除もしたくなると言って、洗剤までわざわざ買って風呂掃除をしてくれていた。洗濯もしてくれていた。

風呂掃除のとき、排水溝にしこたま髪の毛が詰まっていることに夫（仮）はけっこう引いたらしい。私は完全に詰まって水が流れないくらいになってから、やっとまとめて掃除するのだ。そういうタチだからしょうがない。

それにしても、料理、掃除、洗濯と、家事の重要なことを何も言わず勝手にやってくれていて、気を遣っているのかな、と思う。でも、さほど違和感はないので深くは考えないことにする。

火曜、夫（仮）は昼に仕事で出かけ、私は夜に、自分が出るイベントがあるためお出かけ。日付が変わる頃に帰ってくると、夫（仮）は寝そべりながらテレビを見てビールを飲んでいた。

「すっかり自分の家みたいにくつろいじゃったから、誰が来たのかと思っちゃったわよ」

まだお互い、帰ってきたところに誰かがいる、ということに慣れない。


同居生活が始まって一週間。

日常が革命的に変わっているのを感じる。

自分なんかどうでもよいと思っているから、私は掃除もしないし料理もしない、荷物一つすら動かさない、不潔さが自分でギリギリ我慢できるレベルで生活をしていた。いや、あれは「生活」とは呼べなかった。自分の部屋はただの寝る場所で、加寿子荘を出て以来どこに引っ越してもそこを仮の住まいだと思っていたから、私は一人暮らしの自分の部屋を満足いくまで片づけようと思ったことが一度としてなかった。日常が生きてない、活きてない、生活じゃない。

ところが、人が来たら、違う。

日々が「生活」になる。

朝、起き、作ってもらったごはんを食べる。今日の予定は？　なんて人に聞く。一人だったらそんなんどうでもいい、自分一人で動いているが、二人でいるから聞いておく。何か買ってきて、って頼んだりもする。食材を買いに行くというのでついでに仕事部屋のLEDの電球を買ってきてほしいと頼んでみたところ、近くの商店街を探したけどやけに高いものしかないので買わなかった、という。こんなふうに、自分と同じところに住んでる人が、ある場所に行って、自分と違う考え方で何らかの判断をして戻ってくる。

そして、私がいないときにも、家に人がいる。私が帰ってくると、その人によって家の様子が少し変わっていたり、片づいていたりする。

なんてこった。これが生活なのだ。いままで私は生活なんてちっともしてこなかった。これこそがまさにやりたかったことだけど、予想を上回る充実度である。一つ一つが新鮮で、毎日驚いてしまう。おはようと言う相手の人がいたり、おやすみと言う相手の人がいたり。

すごいのは「ただいま」だ。帰ったとき「ただいま」と言える、これには驚いた。人だ。人と話す、これだった。

私は毎日、わざわざ外に出て喫茶店で仕事をしていた。何の用もなくても必ず一度家の外に出ていた。食材を一切ストックしていないから、風邪を引いた日ですら必ず外には出て、何か食べ物を買ってきていた。実用面でも、精神的にも、必ず一旦外に出ないと気がすまなかった。

ところが、家に人がいて、話していれば、外に出なくてもさほどの問題がないのだ。

この日はいつ以来だか分からないくらい、一度も家から出なかった。ただ家で大相撲を見て、仕事をしただけだった。夫（仮）は午後に家を出て、働いて帰ってきた。同じところに住む複数の人が、それぞれ別の行動をして、最後には家で合流する。当たり前のことだけど、実家を出てからの私の暮らしにはこんなことは徹底的になかった。

人といると、「生活」ができた。私はこの形態を、自分と夫（仮）の力で作りあげたのだ。自信を持っていい。

ポプテピピックの章

十月下旬、改装は終わった。完成したという知らせをもらって見に行くと、玄関にはもちろん図面通りにポーチができていて、新しく作られた外壁には小さな青いタイルがきれいに並べられていた。ドアには希望通りヤフオクで落とした建材が入れ込まれ、念願のお風呂も設置され、二階に広いリビングが完成していた。

私はできあがった家を隅から隅までなでまわすようにほれぼれと見渡し、ニヤニヤした。

しかし、費用をケチったぶんの壁は未処理である。トイレも納戸も居間も、壁はベニヤむきだしの状態。私のいまの部屋が契約満了となるまでに、夫（仮）には壁の仕上げをがんばってもらわなければならない。

「仕事とバラの水やりに毎日行くの面倒だから、帰るわー」

完成した家を見学に行った翌日、夫（仮）は荷物をまとめ、さっさと北区へ帰っていってしまった。

一か月間、私たちは特にケンカもなく実に平和で効率のよい二人暮らしをしていたけれど、こうしてまたあっけなくお互い一人暮らしに戻った。

しかも、これからは週一で向こうに行くこともない。北区の家は、三階が多くの荷物でとっちらかったまんま。二階は夫（仮）がふだん使う服と、三階から下ろした食卓とソファーベッド（寝床）で占められてパツンパツン。一階はこれから壁を塗ったりするための作業道具置き場。数日で、あっという間にスペースが埋まってしまったようなのだ。狭いソファーベッドで隣り合って眠るという選択肢はないので、私が行っても寝る場所がない。泊まれないなら、面倒だから行かない。

案の定、一人暮らしに戻ったら相変わらず自分のためにお茶も淹れないし、仕事もはかどらない。パソコンの前に平気で深夜四時近くまで座りつづける暮らしにすぐ戻ってしまった。日々の効率が格段に悪化する。

「夫に逃げられた。」

仕事のはかどらない当てつけに、ふざけてツイッターにそんなことを書いてみるも、誰に心配されるわけでもない。

夜中に暗い気持ちや腹立ちや愚痴を吐き出したいとき——要は慰められたかったりただ漠然と聞いてほしいとき、私はついツイッターに何かしら書いてしまう。ツイッターがないときはミクシィに、ミクシィがないときは……ああたぶんノートに書いていた。一人で処理していた。

ツイッターってそういうものであふれていてもおかしくないのに、私が思うほどにはみんなそういうことを書かない。なぜ書かないで済むんだろう、と考えていて、恐ろしいことに気がついた。

もしかしたらみんな、夫や妻や恋人や友達や家族や、生身の人間にこういうことを言っているからネットには書かないんじゃないだろうか。

そんな人たちが世の中の圧倒的多数派なんじゃなかろうか。

私にとってそういう存在はきっと今後も現れない。夫（仮）も私にとって決してそういう存在ではない。

それでも、ふと何かちょっと喜ばせたいと思う相手には十分なっている。

用があって郊外に行き、駅ビルのアトレをぶらついた日、ジェラートピケの店舗が目に入った。ジェラピケはふわふわもこもこでガーリーだという印象が強すぎて、見るからに私には縁がないものと決めつけていたけれど、気まぐれに商品を眺めてみたら、かわいさの具合がものすごく好み。家のなかでしか着ないものがかわいいのって、いいよね。去年も夫（仮）にパジャマをあげたけれど、あれはつなぎになっているのでトイレに行くのが面倒なのだ。ジェラピケで選んで、またパジャマをあげようかな。改装後の家は天井が高くなって寒そうだし。そういえばもうすぐ誕生日だし。

こんなことをごく自然に思うようになってしまった。

私は以前から、買い物中にちょっとしたかわいい小物や役立つ文具を見つけたとき、女友達に対しては「あっ、これ喜ぶだろうな、あげよう」と思いつくのに、なぜ男の人に対してはまったくそういう気持ちが湧かないんだろう、と思っていた。過去につきあった相手に対しても、一度もそう思いついたことがない。

しかし、夫（仮）に対しては思いつくようになった。スルッとそういう考えが這い出てくる。関係性が「こう思わなきゃいけない」の枷《かせ》から外れているおかげで、なんでも自由に思うことができる。

私はクリスマスの期間限定カラーである赤と白のしましまモコモコの上下パジャマを買い、自分用に色違いの同じような形のものを購入した。最近夫（仮）は知人がやってる二丁目のバーを手伝いはじめたのだけど、タイミングもよかったので、そこで開かれた誕生日イベントのときに持っていって、大々的にプレゼント。ものすごく暖かくてその割に軽くて、ジェラートピケは最高だね。

「別居」の間、私は新しく仕事場にするための物件を神楽坂界隈で探し、夫（仮）は着々と改装を進める。私は運よく早々にとてもいい物件が見つかり、ちょうど同じ時期に仕事場を探していたデザイナーの友達と共同で借りることになった。夫（仮）は壁を塗るための準備作業である、地味で大変なパテ塗りの作業を少しずつ進めている様子。トイレはざらざらの木目そのままなので、全面的にパテ処理したうえに、サンドペーパーをかけないといけなくてつらいらしい。

こうして、私たちはクリスマスもお正月も特に会うことなく過ごした。別々に暮らす形に戻ると、言うべきことがないときは平気で何週間もやりとりしないようになる。それでお互いに何の違和感もないのが我ながら不思議だ。

さて、さすがにこの歳になれば、年賀状に「結婚しました」の報告だけでなく、毎年の子供の成長を写真で添付したものが増えてくる。

そういったものが届いたときに、「こんな子が生まれたんだな、かわいいな、似てるなあ」なんて一般的な楽しみ方は、私もちゃんとできる。しかし、それでいて、その裏面の感情がまだ私のなかからふつふつと煮立ってくるのも感じる。

すなわち、この人は「正常な」結婚をしてるなあ、と思い、この形態を正常なものと定める「常識」に対する憎しみがはっきり浮き上がってくるのである。この「常識」は世間一般的なものでもあり、自分自身にこびりついたものでもある。私はまだまったく迎合できていないと悟り、そう簡単に世の中を受け入れてたまるかと、どこかにホッとする部分もある。

学生時代に、子供は欲しいけど絶対に結婚はしたくない、一人暮らしが快適すぎて人といっしょに住むなんて考えられない、なんて言っていた友人は、その後結婚を済ませたどころか夫の実家で義母といっしょに暮らしているらしい。いろんな人を好きになっちゃうから結婚だけは絶対しない、と言って奔放に何股もかけていた別の友人は、いまツイッターのプロフィール欄にわざわざ「新婚です」なんて嬉しそうに書いている。

人の言ってる恋愛観や結婚観なんて、まともに信じてはいけないのだ。それがちょっと「常識」から外れていたからといってぬか喜びしてはいけない。聞くだけ無駄なので酒の席での埋め草として消化し、全部忘れたほうがよい。どんどんみんな「常識」に吸い込まれていく。世間の「常識」の強さをなめたらいかん。

私は昔、絵本の『100万回生きたねこ』※の意味がまったく分からなかったのだ。いや、本当はいまでも分かっていない。解釈を聞いて、人はこれを読んでこのように感動するという一般的なプロセスは知識として得たけれど、まったく納得できていない。私は、『100万回生きたねこ』が分からないというところが自分の最大の急所にして命綱でもあると思っている。あれが分かるようになったら私は私ではない。

新たな仕事場の物件も見つかったし、予定通り私は二月末に引っ越しをすることにした。いまの住まいから業務関係のものは新たな仕事場に移し、生活に関係したものは北区の夫（仮）宅へ運ぶ、二か所に分割する複雑な引っ越しとなる。

しかし、ミャンマー音楽を研究する村上くんにだいぶ前に誘われて、二月の中〜下旬にはミャンマー旅行に行くことにしてしまっていた。二月二十三日に旅から帰り、中一日でテレビ局主催のイベントに出て、また中一日で二十七日に引っ越しという、むちゃくちゃなスケジュールになってしまった。

二月上旬、気がつけば年が明けてから一度も夫（仮）に会っていない。同居を始めても、同居を解消して全然会っていなくても、お互いのとらえ方が特に変わらない。さすがに引っ越し前に一度家の様子が見たいと思い、久しぶりに北区に向かった。

家に入ると、「別居」となってから三か月経ったというのに、壁の様子はパテ塗りの段階からほとんど進んでいなかった。三階はまだ荷物でぎっしり。私のベッドをここに入れなきゃいけないのに、どうするんだ。よく見れば、私の部屋に引っ越してくるときにあわ

※『100万回生きたねこ』佐野洋子による絵本。輪廻転生を繰り返し百万回生きながらも他人に無関心だった猫が最後に愛を知る。一九七七年、講談社より刊行。

て冷蔵庫から出した食料品まで畳の部屋のビニール袋のなかに放置されている。夏だったらどうなっていたのか、ぞっとする。

「まー、どうにかしますよ」

口では適当なことを言っているけど、私がこっちに越してくるまでに壁塗りが終わるとはとても思えないし、私が暮らすスペースができるかどうかすら微妙である。やはり、夫(仮)も私がいないと生活の効率が極端に悪くなっているんじゃないかと思えた。


ミャンマーでは、村上くんと四泊をともにした。趣味で仲良くなった友達なので、「なんかあってもいいのに」もなければ、もちろん「なんかある」こともなく、レコードを漁り、お寺をめぐり、市場で立ち寄った店で出された衛生的に難アリのごはんも平らげて、ただただ楽しい旅の日々を過ごした。

ところが帰りの飛行機の空調が極端に寒く、ずっと肩をさすりつづけるほど凍えて寝ることもできず、帰国後にひどい下痢に突入した。最初は微熱もあったので、これはやっちゃったか、ヤバいものをもらってきたかと思ったけれど、熱はすぐに下がって食欲も落ちない。いつもどおり食事をしては、水下痢を排泄する、という体になってしまった。日程の無茶さは自覚していたけれど、さすがにこたえたのかもしれない。引っ越しのプランを梱包からすべて任せるものにしておいてよかった。

予想どおり引っ越し前日の時点でほぼ何の準備もできていなかったため、その日はゴミをまとめることに力を注ぎたく、やはり「効率」のために近くに住む友達二人を呼び寄せた。いつものままの部屋にべーやんとナッコがいる状態で、「ただ見ていてくれればいいから」と言ってほったらかす。べーやんはのんびりお菓子を食べ、漫画家のナッコが私の机でペン入れをしている間、私は必死で捨てるものを選抜する。

べーやんのお腹はまーるくなっている。あと二週間で子供が生まれるんだって。ついこないだまで誰々とつきあいたいとか、やっぱりこの人も好きとか言ってたような気がするのに、いつの間にかするすると結婚してするすると妊娠している。すごい。人はどんどん進んでいく。

ひととおり作業をして、せっかく二人も来てくれているので、調子に乗ってデリバリーピザを頼んでしまった。しかし、まったく快復していない私の腹にはそうとうな負担だったようで、話すのも億劫なくらいだるくなり、またとめどなく水下痢が排出されはじめた。徹夜は無理だと悟り、二人に帰ってもらってとりあえず寝ることにする。夫（仮）は夫（仮）で、塗装作業が思いっきり中途半端な状態のなか私の荷物が大量に来ることになるわけで、三階のスペースを必死で空けてくれているらしい。連絡を取ってみると、あちらは確実に徹夜となるようだった。

こうして、完全同居がスタートするメモリアルな日は、水洗便所の流水のごとき混沌と勢いのなかで訪れた。私は体に鞭打って六時に起き、へろへろの状態で最終的な荷物の分別を行う。おたおたと作業のつづくなか九時には業者さんが来てしまい、梱包作業が始まった。引越会社の梱包担当はみんな五、六十代のアルバイトのおばさまで、おしゃべりしつつもかなり手際よくバンバン段ボールに詰めてくれる。午後からは運び出しのために、体育会系でコミュ力も好感度も高い青年たちがやって来た。二か所に運ぶ荷物を苦労して分別しながら持ち出してもらい、二年過ごした部屋はあっという間に空っぽになった。

北区の家への搬入監督は夫（仮）に任せ、私は神楽坂の新しい仕事場へ向かう。複雑な手順を経たためになんだかんだで作業は遅くなり、北区の家に帰るのは二十二時半頃になってしまった。

北区の家に帰る。そうだ、私は「帰る」のだ。

北区の家はいままで「行く」ものだったが、今日から「帰る」のだ。

向かう地下鉄のなかで、第一声は「ただいま」なんだろうと考えた。

私は去年、神楽坂で仮の同棲生活をしていたときに知ったのだ。いま帰ったことを告げる相手がいる場合は、「ただいま」が必要になる。

北区の「自宅」の最寄駅で降り、ひとけのない通りをぬけて、古い酒屋の角を曲がると、例のあの家の二階に明かりがついている。

こういうことは、私の人生で実家以外ではありえなかった。「ただいま」って言うのか。言うんだろうなあ。

ポーチにあがって、鍵を開けておいてもらった玄関の戸を引き、「ただいま」と言ってみる。

しかし、二階のリビングまで声が届かない。ちょっと感慨深くなっていただけに、ややまぬけ。

螺旋階段を上がって、色ガラスのはめ込まれたアンティークの引き戸を開き、気のぬけた声でもう一度「ただーま」と言う。

「おかーり」

二階のリビングとなるはずのスペースはよくぞここまで積み込めたと感心するほど段ボールまみれになっており、夫（仮）は酒を飲んでスマホを見て、どうにか座れるダイニングテーブルのところでくつろいでらっしゃる。積まれた段ボールの陰になってテレビが半分しか見えない。この部屋の壁はまだまったく塗られていない。いや、これ、いつ完成するんだろうか。変な感慨はうまい具合にぺしゃっとつぶれる。

お互いにヘトヘトなので、とろけたような体で、半分しかないテレビに流れる『ポプテピピック』※をしばらく二人で観た。こういう、楽しいけれど人の感想をいちいちお伺いしたくないようなものを二人で観れる喜びが確かにある、と思う。

しかし、だらだらしてもいられない、早く寝ないと。退去の立ち合いと残置ゴミの廃棄のため、明日は朝八時に前の物件に行かねばならない。くたくたの体でどうにかお風呂に入ったものの、私の部屋着はどこの段ボールにあるか見つかりそうにない。このあいだあげた夫（仮）のかわいいジェラートピケを借りて寝ることにした。

三階に上がると、ここもまたよくぞ荷物をこじ入れたと感動するほどパンパンで、ついこないだまでゴミ屋敷同然だった畳の部屋にきちんとスペースが作られ、ベッドがぎりぎり入っている。

飛びこむように寝そべると、階下からは夫（仮）のいびきが聞こえてきた。これでよい。理想的な形だ。

※『ポプテピピック』 大川ぶくぶによる四コマ漫画およびそれを原作としたテレビアニメ作品。主人公は十四歳のポプ子とピピ美。原作漫画の時点ですでに意味不明で不条理な作風だったが、アニメ版は毎度声優が入れ替わるなど原作以上に強烈なインパクトを残す支離滅裂な作品となり、話題になる。

ストロングゼロの章

暮らしはじめて一週間も経てば、自然とリズムが生まれてくる。

私が起きたとき、だいたい夫（仮）はまだ寝ている。よくまーそんなに長く寝れるよね、と感心するくらい長く寝ている。逆に私は老人みたいに早く起きてしまう。

じっとり、ずっと雨の日。朝はパン、目玉焼き、紅茶。ぜんぶ夫（仮）が用意してくれる。完全にそういう役割分担。

午前中から新しい仕事場に行き、そこにはデザイナーの友達であるわっさんがいるから、会社に勤めてるみたいな感覚で仕事もたいへんはかどる。お昼はいっしょに出てランチをする。これはもう、会社員ですね。人と同じ場所で仕事をしているだけで充実だ。会社員風生活は私に合っていたのだ。

最近は夜あんまり量を食べたくないし、この日もさほどお腹が空いてなかったので「夜はいいわ」とLINEしたら「シチュー作ったのにー」と返ってきた。「やっぱ食べる！」と返して、遅く帰ってから食べた。

なんだろ、これ。新婚みたい。

電車で「会社」に通って、お昼は同僚とランチして、帰ると夫（仮）がご飯を作ってくれている。こんな定型の幸せ、自分が味わえるとはね。朝な夕な幸福感に満たされているわけではないけれど、死ぬ間際にでも人生をふりかえったら、この瞬間の私はきっとかなり幸せな部類に入るのでしょう。

部屋の段ボールはあいかわらずの状態でほとんど片づいておらず、どこかにあるはずのマフラーが見つからない。朝晩、首筋がつらい。でも、マフラーを求めて段ボール漁りする私を夫（仮）は特に手伝わない。寝っ転がってスマホを見ている。それでいい、はず。


二週間経った。

私は、珪藻土《けいそうど》のバスマットが欲しくなった。

少し暮らすと家の癖みたいなものが分かってくる。川が近い低地で湿気も多いので、布のバスマットがすぐに乾かなくていつもしっとりしてるのが嫌だ、と気づいてしまった。思い返せば前の家にいるときからずっとうっすら欲しい気持ちがあったけど、外で買って持ち帰るにはかさばって重いし、なんとなく買わないできてしまったのだ。

引っ越しをしたうえに私の誕生日が近いこともあって、テレビの仕事のときに会うメイクさんとスタイリストさんが何かプレゼントをくれるという。すぐにそれを思いついて、ねだってみた。

しかし、うきうきしながらそのことを夫（仮）に言うと、それって洗えないんじゃないの？　とか、汚れるんじゃないの？　とか、乗り気でない様子。それでも私は現状のしっとりしたバスマットはどうしても嫌なので、独断でいただくことに決めてしまった。

数日後、出張先から「明日珪藻土が届くけど、私はまだ帰れないから受け取ってもらっていい？」というLINEをしたら、やっぱりどこか納得していないようで「臭くなった暁には叩き割るわ」とか言ってくる。冗談にしても笑えないし、腹が立って「そんなに嫌なら使わせないからいいよ」とぶっきらぼうな返事をしてしまう。

しかし、これは私が勝手に決めたことだから、たかだかバスマットで二人の意見が割れることだって当然あるのだ。人と生活するとこういうことが起こるのだ。

珍しく私が怒った感じのLINEをしたので、数分後にフォローのつもりなのか、汚れたらやすりで削れば復活するみたいよ、と返してくる。

人のことは言えないけれど、元から夫（仮）の家はキレイとは言いがたかったし、賞味期限切れのものも彼はためらわずに食べる。そのわりに匂いなんかは私より気にする。私が顔を洗うときに使うヘアバンドが部屋干しでは乾ききらず少し匂っているのを、すぐに文字通り嗅ぎつけて洗ってくれる。ありがたいけど、私が気にならない程度の匂いなので、敏感だなとも思う。

こんなふうに、衛生観念だの、趣味嗜好だの、わりきっているつもりでもすり合わせ作業や妥協は確実にあり、人と暮らすのは我慢の連続となるわけだ。知ってたはずなんだけどね。

壁塗りをまったく進める気配がないことに対しても鬱憤がずっと薄く積もりつづけている。

壁塗りが終わらない↓納戸が壁塗りのための道具で埋まっている↓大量の段ボールが納戸に置けない↓居間が段ボールで埋まっている↓居間の壁塗りができない、という、図示したくなるほどキレイな悪循環が描かれている。夫（仮）は、居間の段ボールの隙間にむりやりふとんをはめ込んで寝ている。「子供の頃押入れのなかで寝てたような感じで、案外落ち着く」なんて言って、とっちらかった部屋の様子を意に介してもいない様子になおさらイラついてしまう。

こんな愚痴を何気なく友達の西村に言ったら、「優しいじゃやん！」と言われ、ハッとした。

そーか、これは優しいのか。

確かに、改装しようと言い出したのは私自身だし、そのくせ壁塗りにはまるで協力できないわけだから、この状況を作っている責任の半分は私にあるとも言える。なのに夫(仮)は私に何も求めないし、責めない。

お互いに相手に何かを求めない、期待をしない、などと気取っていたつもりだったのに、私のほうがよほど相手に行動を求めてしまっている。これはよくないな。

仕事で知り合った二十代の齋藤さんは、彼氏はいるんだけど、その前からのかなり長いつきあいとなる仲のいい男友達がいるらしい。その彼とは一切恋愛関係にならなかったにもかかわらず、いまの彼氏ができる前にはあまりに気が合うのでいっしょに住もうかという話が出たほどで、お互いの実家はかなり遠いのにいまでも家族ぐるみで仲がいいとのこと。

すごい。若い世代は先を行っている。いろいろなところに、オリジナルな関係性が生まれている。別に私のやってることなんて斬新でもなんでもない。

齋藤さんは、いまの彼氏とは「一応お互いに好きだけど、好きだから逆に厄介です」などと言っている。まだ同居してはいないので、いっしょに住んだらどう思うか分からないと、彼氏についてはわりとありがちなことを言っていた。

桜の開花が早い。

桜並木のある荒川の河川敷《かせんじき》までは、うちから歩いてふらっと行ける距離です。たまたま仕事に余裕のある日、二人でぶらぶら歩いて行ったのだ。休日で人は多かった。桜の咲いている土手もいいのだけれど、このあたりの複雑な川筋をまたぎながらたどりつく新岩淵水門の異形もいい。我が家の屋上から遠くに見えるときのかわいらしい姿とまた違い、間近で下から見ると滅びた古代文明の用途不明な遺跡のようで、これまた気に入った。

しばらく歩いた先の土手道から少し脇に入って眺めると、河川敷はグラウンドになっていて、少年たちが野球をしている。そこからだいぶ離れた、やや陰になった部分に上半身裸の男たちがいて、別に抱きあったりしているわけではないけれど、ところどころで連れ添って談笑している感じは明らかにゲイカップルであろうと思う。夫（仮）はシャイニー＝リア充への軽い憎まれ口を義務のように叩きながら、向き直って土手の道を進む。

人通りの途切れない川べりをぐるりと散策して帰りぎわ、河川関係の資料館のあたりで夫（仮）は持ってきた一眼を構えて桜の写真を撮ったり、私はその写真を撮っている後ろ姿をスマホで撮ってみたり。私が撮った写真を見た夫（仮）、自分の姿に「おじいちゃんじゃん！」と、ショックを受ける。五十歳とはいえ白髪混じりの短髪で、カメラ構えてお花を撮ってたらおじいちゃんだわなあ。

土手から下りて、なんとなく散歩をつづける。

細かい路地に入り込んだら、まだよく残ってるねという風情《ふぜい》の食料品店というかコンビニに近い形態の個人経営店を見つけて、アイスケースのなかに長く置かれて氷がつきまくったアイスなんか買って、食べながら帰った。まったく、老夫婦だ。

ぶらぶらしてだらだらして帰っても、昼の一時半くらいだった。一人でいたらこの時間まで家で無為に過ごしているだろうから、やはり二人の方がいいのだ、という結論になる。

しかし、こんな穏やかで平和で老成した生活のなかで、夫（仮）とは手をつなぐこともないしつなぎたくもないわけで、このせいで逆に私のなかにほんの少しだけ埋《うず》み火《び》のように残っている性的欲望というか、そこまで名づけられない程度の、人との文字通りの「触れ合い」に対する渇望めいたものがいまになって垣間見えてきたのがなんとも薄気味悪い。「なんかあったらいいのに」の思いは形骸化せず、むしろ少し息を吹き返してきている。

こんなものをどこで埋め合わせしていくべきか、という一件は、今後考えていかねばならない課題となるかもしれない。「結婚」のプロジェクトを遂行しているときは最終目標が「不倫」だなんてうそぶいていたけれど、いままで一般的な恋愛すらロクに楽しめていないんだから、具体的に今後何がどこまでできるかなんて、まったく見えてこない。

私はこの期に及んでも、たくさんセックスできる人がうらやましい、という気持ちが消えていない。

本能的な意味でセックスがそんなにしたいのかというと、そんな欲望はちっともない。単に、私がそれほど楽しいとは思っていないことをものすごく楽しんでいる人がいる、それがやけにうらやましい、という、恋愛についての思いと同じ気持ち。食べ物について「〇〇が嫌いだなんて人生半分損してる」なんて言い回しを使う人がいるけれど、あの手の得意げな目線をわざわざ自分に投げかけて、恨めしくなっている。みんな得しやがって、ズルい、という幼稚な感情にほかならない。セックスをしないまでも、何かそれに類することが生活のどこかにないといけないという焦燥感はむしろ高まっている。

考えあぐねて、家で寝っ転がりながらスマホでレズビアン風俗などを調べる。さすがに根がレズビアンではないから、お金に見合う満足を得るには厳しいのかな。いやそんなことよりも、相手をしてくれる人の気持ちを過剰に推し量って、ただむなしくなって死にたくなって終わりそうな気もする。そのへんの心のややこしさを無にして身体だけの快楽を楽しむなんてことが世の中に存在するんだろうか。

ホストなんてのもそうで、多めの内省と勝手な推察を抛《ほう》ってあの空間に乗っていける気がしない。似たようなサービスは結局全部そうなってしまう、金払ってるとはいえ、こんなんを相手にさせて本当にすみませんという気持ちになって、楽しんでるはずの最中に涙が止まらなくなる予感がするんだ。

気づけば同居から一か月がとっくに過ぎている。

不意に私は気づいてしまった。一度気づいてしまうと、いままでこれを自覚すらしていなかったことに愕然とする。

私は寝る前に、わりと好意的に思っている男性を想像しながら寝る癖があったのだ！

ずばり「好きな人」と呼べない、奥歯に物の挟まった感じがあるのは、これがいかにも「恋に恋する」、幼稚園児や小学生程度の感情のように思えるからだ。もしかして恋なんじゃないかしらなんて状況にわくわくしているという、そこから踏み出していない程度。

こんなこと、いつからやっていたのか分からないし、ずーっと欠かさずやっていたのかどうかもはっきりしない。

こういうことをしはじめた理由だけは覚えていて、恋愛なんてハナから無理だし、現実ではどうせ何も起こりっこないんだから夢にでも見ようと思って考えるようになったのだ。だからなんというか、非常に健気な、まだ恋愛らしきことを一切経験していないときに思いついたことなのだと思う。そうすると寝つきがいいというわけでもなく、単に寝る前のルーチンワークとして定着してしまったというか、当たり前すぎて意識しないほどに習い性となってしまっていた。つまり、そうとう長い期間にわたっておこなってきたことだけは確かだった。

なぜこの行為に気づいたかというと、夫（仮）と同居後のある夜、さて寝ようというときに頭のなかでうっすら何かを探そうとしている状況にモヤモヤとした違和感があって、あれ？ と思い、ハッと、青ざめた。

男の顔を思い浮かべないまましばらくふつうに寝ていたことに驚き、それ以上に、憧れの男の人の顔を思い浮かべて寝るという、戯画化された少女のような行動をずっと無意識にしていたことに体の芯から恐ろしくなってしまった。しかも、こんなことをしたところで、その人が夢に出てきて幸せなバーチャル体験をしたことなんか記憶にある限り一度もない。

もちろん、夫（仮）は寝る前に思い浮かべる対象ではない。しかし、それでもなぜか同居した頃からこのルーチンワークをしなくなっていた。

どうやら、「現実での可能性がゼロだとしても、夢でもいいからなんかあったらいいなあ」と思う人がいつの間にか誰もいなくなってしまったようなのだ。

驚きと恐怖の後に、さみしさとむなしさがベッドの下の畳から這い上がってきた。

恋愛なんか結局向いてるかどうかだわ、やるだけやってみたけどくだらねえよ、と吐き捨てたくなる最近の気持ちとまるで正反対の、極端に少女風の部分が異常な執念で私の奥に居座りつづけていて、それがついに消えてしまった、という気がした。あえて意図的に男の顔を誰か思い浮かべながら寝てみようかと思っても、どうやっていたのかよく分からなくなっている。まるで誰も思い浮かべることができない。

夜中、階下では夫（仮）がとっくに寝ついていて、重低音のいびきが鳴り響いている。何も思い浮かばない頭でそれを聞きながら、この人がいきなり死んだら私はもうめちゃくちゃ悲しいという段階に入ったんじゃないか、と考えはじめ、これはやや計画外だ、ヤバいな、と思う。

夫（仮）はたぶん、そんなことはないはず。

私は夫（仮）にとってそこそこどうでもよい人であってほしいので、私が死んでも、まあ友人の一人として悲しむくらいで終わらせて、さっさと男連れ込んでヤッててほしいものです。

遠方への出張の日、夜にやや大人数の飲み会になり、珍しいメンバーだったこともあって盛り上がって久しぶりにかなり飲んだ。同席していた調子のいい人のせいで、テキーラをショットで飲むようなノリになった。ここ数年ガッツリ飲むことが極めて少なくなった私としては珍しい。

そのうち、その会にいた既婚男性の梅田さんが、隣にいた私より若い未婚女性の坪井さんにセクハラ同然のボディタッチをしはじめた。みんなお互いに顔見知りの関係だけどさすがにいままでこんなことはなかったので、いやこれはまずいな、と思っていたのだが、坪井さんも最初だけは笑いながら嫌がるようなそぶりを多少見せていたものの、ハグまでされると、本気で嫌な表情をするでもなければ冗談にして場を取りなす風でもなく、なんとも中途半端な顔でされるがままになっている。梅田さんもふざけて口説き文句を言っているのかと思ったら、だんだん半ば本気っぽいセリフになってきた。

いや、本気も何も、この二人そもそも大っぴらにしてないだけでもともと関係があるんじゃないか？　秘密にしているつもりが、酔ったせいでただ箍《たが》が外れてふつうにいちゃついているだけなんじゃないか？

よくよく聞けば、坪井さんはそもそも仕事じゃないのに自費でわざわざこの遠方まで来ているらしい。確かに肝心の昼の仕事のときにはいなかったからちょっと不自然だと思っていたのだ。しかも、梅田さんが常宿にしているホテルをこれまた自費で取っているらしい。ということは、坪井さんのほうがその気になっていて、今回の仕事と関係ないのに梅田さんに会うために乱入してきたんじゃないか。なんだよ、セクハラだと思って心配して損した。前からそういう関係だったんですね。はー、しょうもない。二人ともしょうもないな。

梅田さんは「その場のノリ」みたいな感じで、ふだんはいじられキャラを担わされがちな坪井さんについて、ねー俺、口説いてもいいでしょ？　坪井ちゃんめっちゃエロいやん、みたいなことを、酔っているせいもあってしつこくみんなに問いかけている。

すると、だいぶ前から仕事をともにしている石山さんは、「そしたら俺、能町さん口説きますよ！　いいんすか？　能町さん口説きますよ！」と、急に私の名前を出した。石山さんは梅田さんよりも数段酔っている。

石山さんとはずいぶん長いつきあいで、飲みの席でも冗談でもそんなことを言われたことがなかったので多少びっくりしたが、まあ「ノリ」ですよね、こういうノリにうまいこと対処できないんスよね……という調子で、私は困り顔を浮かべて適当に受け流した。私自身もだいぶ酔っていたこともあってさほど不快でもなく、ホンモノの愛人に対抗して私なんかの名前を出させるハメになっちゃってすみませんね、なんて思っていた。

帰る段になると、同じホテルである梅田さんと坪井さんは当然同じタクシーで帰った。石山さんと私は仕事の発注元に取ってもらった、彼らとは別のホテルである。ベロベロの石山さんをタクシーに押し込み、同じ車で帰った。

その途中、改めて思い切り口説かれた。

実は最初から会ったときからそういう気持ちがあっただとか、容姿だけじゃなく生き方が好きだとか、ベロンベロンなのに、いやベロンベロンだからか、真っ向勝負で「好きなんです」と言われてしまった。もうずいぶん仕事をしているけど、好きじゃなかったらこんなに仕事振りませんって、とまで言われた。

最後の一言はむしろ不快だったものの、これは確実に「なんかあってもいいのに」の完成形が不意に訪れたものである。

呆れ顔を装いながらも、不倫チャンスを逃すわけにはいかない。結婚（仮）している状態で体の関係を持つ、というのを私はとりいそぎ経験してみたいのだ。彼が酔い覚ましと言いながらコンビニに寄って、なぜか酔いを増加させる※ストロングゼロを買うのにつきあい、とりあえず俺の部屋来ましょうよと言われたのを断らずにてくてくとついていった。

彼はフーフー荒い息を立てながらストロングゼロを開け、何口か飲んでから服をやっとこさっとこ脱ぐけれども、この荒い息は別に性的興奮ではなく、単に泥酔によるものである。私も一応電気を消してもらってからもったいぶりつつ脱ぐ。それからお互いに裸をくっつけあって、いろんなところをなめてみたり吸ってみたりとひととおりしてみるけれども、石山さんは酔いのせいもあってずっとタクシー内から引きつづきカセットテープのように同じことばかり言ってきて、飽きる。酒臭いし。裸でいるうちに「なんでこんなことしてるんだっけ」「もう四十も近くなって経験のためだけにこんなことしなくても」そして極めつけの「やっぱりセックス別に好きじゃないなぁ」という気持ちがふくらんできて、どんどん酔いも醒め、身体を動かすのがめんどくさくなってきた。

　それでも先方はどんどん乗り気になってきて、「一生好きだよ」という、どう考えてもその場の出まかせであろうことを平気で言ってくるし、腕枕するからここでいっしょに寝ようとまで言い出した。一旦はおとなしくそれに従おうとしたものの、先方はしたたかに酔っているので早々にいびきをかきはじめ、腕枕ってまったく心地よいものではないし、これじゃ寝不足で明日つらいし、やっぱり部屋に帰ろうと思って、向こうがゴウゴウ音を立てて寝ているうちに脱ぎ散らかした下着などを暗闇のなかからどうにかこうにか探し当てて、上着とズボンだけちゃっちゃと着てブラとパンツを握りしめ、同じフロアの我が部屋に戻り、結局この感じか、クソ、渇望していたつもりだったものがこれか、はっはー、私は煌々《こうこう》とした部屋に寝転がってスマホでツイッターを長々と読んですぐに家のなかみたい

※ストロングゼロ　サントリーが製造販売する缶チューハイのブランド。二〇一四年にアルコール度数を九パーセントに引き上げる。高いアルコール度数が売りとなり、安く手っ取り早く酔える酒として人気を博す。

な気分に戻って、それからぐっすり寝た。

早朝に「あれ？　帰った？」というＬＩＮＥが石山さんから来ていて、私はそのＬＩＮＥの二時間後くらいに起きた。「寝れなかったから部屋に帰ったよ！」と爽やかな返事をすると、向こうも「ＯＫ！」というＬＩＮＥスタンプを返してきた。

別に石山さんを気持ち悪いとも思わなかったし、好きにも嫌いにもなっていないので、今後もきっと仕事はする。ともあれ、これは一応「不倫」として数えてもいいんじゃないかな。自分のスタンプカードの「不倫」のところに初めてのスタンプを押してもよかろう。ただ、先方はそもそもフリーだろうからスリルの要素もないし、石山さんに彼女でもいればいいのに、あーあ、徹底的に何もない。

一応スタンプは押すけど、こんなもんじゃないな、まだまだほかにもなんかあったらいい。帰ったら夫（仮）に今日のことも報告しよう――などと私はホテルの明るい部屋で考えていた。

極めて個人的な内容である本書を書くにあたり、日々の生活のうえで個人的なご協力を賜った下記の皆さまに深く感謝申し上げます。（敬称略・五十音順）

安彦麻理絵
意志強ナツ子
I.C
I.A
大久保ニュー
岡部さやか
奥野徹男
かずあき
K.O
久保ミツロウ
熊田プウ助
齋藤寛子
櫻田宗久
白佐木和馬
S.K
T.K
竹内佐千子
中野美生
西野とおる
西村依莉
畑兵祐
ヒャダイン
村上巨樹
M.M
Y.E
吉田真美
植田光子

サムソン高橋
雨宮まみ

本書は「ウェブ平凡」(http://webheibon.jp/) 連載の「結婚の追求と私的追究」(2018年4月〜2019年11月) を加筆修正し、改題したものです。

能町みね子　のうまち・みねこ
1979年、北海道生まれ、茨城県育ち。文筆業。2006年、イラストエッセイ『オカマだけどOLやってます。』(竹書房) でデビュー。著書に『お家賃ですけど』(文春文庫)、『ときめかない日記』(幻冬舎文庫)、『私以外みんな不潔』(幻冬舎) などがある。

結婚の奴
2019年12月20日　初版第1刷発行
2020年1月24日　初版第2刷発行
著者　能町みね子
発行者　下中美都
発行所　株式会社平凡社
〒101-0051　東京都千代田区神田神保町3-29
電話　03-3230-6593 (編集)
03-3230-6573 (営業)
振替　00180-0-29639
平凡社ホームページ　https://www.heibonsha.co.jp/
DTP　株式会社言語社
印刷・製本　図書印刷株式会社

ISBN 978-4-582-83821-3　C0095
NDC分類番号914.6
四六判 (18.8cm)　総ページ 248